Vies volées

© 2025 Philippe Damoiseau
Édition : BoD · Books on Demand,
31 avenue Saint-Rémy, 57600 Forbach,
bod@bod.fr
Impression : Libri Plureos GmbH,
Friedensallee 273, 22763 Hamburg (Allemagne)
ISBN : 978-2-3226-3453-8
Dépôt légal : Mai 2025

Les écrivains mentent

Les lecteurs mentent.

Mais les livres ne mentent jamais.

Louis

1

Je m'appelle Louis Aimé. Louis, car je fus trouvé dans un carton, un matin du vingt-cinq août, jour de la Saint Louis, devant l'entrée d'une église. Ma mère ? Croyait-elle en la charité chrétienne, renouant avec une tradition remontant au moyen-âge ?

Il faut être un adepte de l'humour noir ou un indécrottable optimiste pour nommer Aimé un enfant abandonné. Ne pensant à rien, fermant les yeux, il pointa son stylo sur le calendrier : treize septembre, Aimé. Cela aurait pu être pire.

D'après le médecin, j'avais moins d'une semaine et j'étais en bonne santé. Pour l'état civil, je suis Aimé Louis, né le vingt-cinq juin mille-neuf-cent quatre-vingt-deux à Paris XVIIIe, de mère et de père inconnus.

Je fus confié à l'Aide Sociale à l'Enfance.

C'est beaucoup plus tard que je l'apprendrai.

Mon souvenir le plus ancien date de mes cinq-six ans. Je suis dans la cour de la maternelle. J'ai volé une barre de chocolat à un autre enfant. Ce dont je me souviens parfaitement ce sont les enfants qui criaient à chaque récréation : « voleur, voleur ! ».

Dans le foyer où je suis placé, je suis le seul orphelin. Les autres enfants ont des parents. Il y a Étienne, un enfant plus âgé que moi. Il est grand et costaud pour son âge. Il joue facilement des poings. Un soir, il arrive dans le dortoir, le nez en sang. Lorsque le surveillant lui demande ce qui lui est arrivé, il répond qu'il est tombé dans l'escalier. Le gardien n'est pas dupe, mais cela l'arrange de ne pas intervenir. Nous réglons nos conflits entre nous.

 Un jour, il vient me voir, tout excité.

– Je vais être adopté.

Même si je n'avais pas appris à l'école ce mot, je sais ce qu'il signifie. Étienne va partir, me quitter. À l'époque j'ignorais le mot ami, mais pas la chaleur de l'amitié. Jamais plus dans ma vie je ne ressentirai ce sentiment.

Je me souviens de Gérard. Il avait sept ans comme moi. Il faisait des cauchemars, hurlait en pleine nuit.

L'instituteur trouvait étrange que Gérard vienne à l'école en pantalon et chandail par une chaude journée de juin. À l'infirmerie on le déshabilla : sur le haut de ses bras des brûlures de cigarettes, sur ses jambes des marques rouges.

Au foyer je suis toujours seul. Je ne recherche pas spécialement la compagnie des autres enfants, mais c'est réciproque. Je passe de longues heures à dessiner. C'est mon occupation préférée. Les gamins (il n'y a pas de filles) et les adultes trouvent que j'ai un joli coup de crayon.

Les journées se suivent, immuables.

Lever à sept heures, douche, petit déjeuner, école. Le midi, je mange au foyer, puis à nouveau école. Retour au foyer. Mon cas est considéré comme moins grave, je vois moins souvent le psychologue que mes camarades.

J'ai eu neuf ans il y a quinze jours.

Je suis convoqué par le directeur.

– Louis, j'ai une grande et bonne nouvelle à t'annoncer. Tu vas être adopté. Les Pelletier, tes futurs parents, vont venir samedi passer toute la journée avec toi. Tu comprends que, si tout se passe bien, ensuite tu iras habiter chez eux. C'est une chance, une très grande chance. Il ne faut pas la gâcher. Tu comprends, Louis ?

– Oui, monsieur.

– Dans ton dossier, j'ai effacé cette malheureuse affaire de barre de chocolat. Tu étais jeune, tu ne recommenceras pas, n'est-ce pas ?

– Non, monsieur.

– Tu as des questions ?

– Non, monsieur.

– Prends cette brochure sur l'adoption, lis-la attentivement.

– Oui, monsieur.

– Louis, n'oublie pas, quand tu seras chez tes parents, tu pourras toujours venir nous voir.

– Oui, monsieur.

– À samedi !

Au foyer, une adoption ce n'est pas quelque chose qui passe inaperçu. On vient me voir, on me dit que j'ai de la chance. Je ne suis pas vraiment malheureux ici.

Samedi est arrivé et les Pelletier également. Le père, la mère, la fille. Le directeur fait les présentations.

– Monsieur Raymond Pelletier, sa femme Jeanne, leur fille Marie. Louis est un brave garçon, je suis sûr que cela va bien se passer, vous me ramenez Louis pour dix-sept heures.

Nous montons tous dans la Laguna.

– J'achète toujours des voitures françaises, dit monsieur Pelletier, en montant dans la voiture.

Je suis à l'arrière, je regarde la nuque de Raymond. Marie, de temps à autre, tourne la tête dans ma direction. Personne ne parle.

– Nous sommes arrivés, voici la maison. Monsieur Pelletier me la fait visiter, sa femme et sa fille suivent. On arrive à la dernière pièce.

– Là, c'est TA chambre. Il appuie sur le « Ta ».

– Tu ne dis rien ?

– Elle est très jolie.

– Ce sont Jeanne et Marie qui l'ont décorée.

Je n'aime pas cette maison. Je la trouve triste, sans énergie, sans vie, à l'image de ses occupants. Après la maison, les Pelletier me font visiter le quartier. Il est excentré. C'est essentiellement un lotissement aux mêmes maisons, entourées des mêmes jardins. Lorsque nous passons devant l'école, toute neuve, seul bâtiment public, Raymond lance :

– Ta future école.

Je redoutais l'heure du repas.

En entrée, il y a des carottes râpées et des concombres.

– C'est frais, par cette chaleur cela fait du bien, dit Jeanne.

Je n'aime pas les concombres, mais je me force à les manger.

– Du poulet frites, tous les enfants aiment ça.

– C'est le plat préféré de Marie, renchérit son mari.

– Fromage et dessert, annonce, tout sourire, Jeanne. Un saint Honoré, tu aimes, Louis ?

– Oui, madame.

Je n'en ai jamais mangé.

– Appelle-moi Jeanne, pas madame.

– Oui, Jeanne.

– Pour fêter l'arrivée de Louis, « champagne pour tout le monde ! » proclame monsieur Pelletier.

– Juste un fond pour les enfants, c'est de l'alcool, avertit sa femme.

– Bien sûr, c'est histoire de marquer le coup.

Il fait trop chaud pour sortir, affirment les parents Pelletier. Nous passons l'après-midi à jouer à des jeux de cartes, à des jeux de société. Les Pelletier m'interrogent sur la vie à la DDASS[1] comme ils disent. Si je travaille bien à l'école. Le directeur m'avait prévenu qu'on me poserait ces questions. Je sais ce que je dois répondre. Le foyer c'est bien, mais cela ne vaut

---

[1] Direction Départementale des affaires Sociales et Sanitaires

pas une vraie famille, l'école c'est parfois dur, mais j'y arrive.

Je suis dans la Laguna avec Raymond sur le chemin du retour.

– Je suis content que tu te plaises chez nous, Louis, j'ai toujours voulu avoir un fils. Jeanne ne peut plus avoir d'enfant. Il y a encore quelques papiers à remplir, mais tu seras bientôt à la maison, chez toi.

Je suis chez les Pelletier définitivement cette fois-ci. Des trois, Raymond est le seul qui s'intéresse vraiment à moi. Jeanne me supporte tant bien que mal. Marie, elle me hait. Elle n'est plus l'enfant unique, le centre. Deux mois que je vis chez les Pelletier. Marie, qui a un an de plus que moi, ne joue jamais avec moi. Son père a essayé différentes façons pour que nous nous amusions ensemble, mais en vain. À l'école, Marie s'arrange toujours pour arriver et sortir seule et m'ignore complètement. Sa mère le voit, mais ne dit rien.

Nous fêtons mon premier anniversaire chez mes adoptants. Parfois je regrette le foyer. Avec Marie, nous nous évitons au maximum.

Raymond ne se rend compte de rien ou ne veut pas.

Je rentre de l'école, je marche vite pour rattraper Marie qui est devant moi. Je sais que cela l'embête que je chemine à ses côtés. Je vois quelque chose briller par terre, je la ramasse, c'est une pièce de dix francs.

– Donne-la-moi, je l'ai vue avant toi, crie Marie !

– C'est pas vrai, t'es une menteuse.

– Tu vas le payer.

Le lendemain, en rentrant de l'école j'achète des bonbons et mets le reste de l'argent dans ma poche. Jeanne nous attendait sur le pas de la porte. Elle nous fait nous asseoir et demande :

– Qui a volé la pièce de dix francs qui était dans mon porte-monnaie ?

– C'est Louis, il m'a dit qu'il avait de l'argent, je l'ai vu qui s'achetait des bonbons.

– Menteuse, les dix francs je les ai trouvés. Tu sais bien, tu étais là.

Madame Pelletier me fouille et trouve le reste de l'argent.

– Voleur, crie-t-elle, et elle me gifle.

On m'a renvoyé à la DDASS. Le directeur ne m'a pas cru quand je lui ai dit que la pièce je l'avais trouvée, pas volée. Il m'a puni et dit que je ne serai plus jamais adopté.

Les autres enfants me demandent pourquoi je suis revenu. Je leur réponds que les Pelletier sont méchants. Très vite, une rumeur circule que j'ai été renvoyé de chez mes adoptants, car j'ai volé. Le peu de garçons qui me parlaient me tournent le dos.

Les années passent, grises, tristes, moroses et interminables. Je suis toujours seul au foyer comme à l'école. Je dessine pendant des heures, j'aime ça.

À quinze ans, je demande à travailler comme apprenti pâtissier. Le directeur m'a trouvé un patron. Comme je commence de bonne heure, je suis logé du lundi soir au dimanche midi à la boulangerie-pâtisserie. Le lundi, je le passe au foyer.

Les quatre premiers mois, je commence à six heures puis à quatre heures, le matin cela ne me gêne pas. Il y a deux ouvriers, chacun à un poste défini, il n'y a pas de chef. Je travaille une semaine avec l'un, puis une semaine avec l'autre. Il y a aussi des cours au centre de formation des apprentis (CFA), cela me plaît plus que l'école. Le travail me plaît, j'apprends vite. Les journées sont longues, je ne finis jamais avant quatorze heures. Le week-end, j'attaque le boulot à une heure. L'après-midi je fais une sieste, quelquefois je vais au cinéma. Je suis allé voir *37,2 le matin, 9 semaines1/2, Pirates, Top gun.* Je ne sors pas le soir, je regarde la télé.

J'ai passé avec succès mon certificat d'apprentissage professionnel (CAP). Le jury m'a félicité, affirmant qu'il y a très longtemps qu'ils n'ont pas vu quelqu'un d'aussi doué.

Malheureusement, mon patron ne peut me garder, car il n'y a pas assez de travail pour trois ouvriers.

– Tu trouveras du boulot sans problème. Lors de ton embauche, dis-leur qu'ils me téléphonent.

2

Je suis majeur. Je suis seul.

J'ai quitté Paris pour une ville moyenne de province. Une ville du Sud. J'ai un peu d'argent. Je ne suis pas dépensier. J'ai pris un meublé dans un petit immeuble de trois étages. Il y a une cour intérieure avec deux arbres et un massif de fleurs. Je me mets à la recherche d'un emploi. Après avoir parcouru les offres, comme il n'y a rien qui m'intéresse je visite la ville. Tout en me promenant, je prête une attention particulière aux vitrines de pâtisserie et de boulangerie.

Cela fait trois jours que je suis ici, il n'y a eu aucune offre, mais cela ne m'inquiète pas.

En ce début d'après-midi, je suis assis au soleil sur un banc. Je regarde passer les jeunes femmes. L'une d'elles m'attire spécialement, je me lève et la suis à distance. Elle est brune, élancée, vêtue d'un jean noir et d'un tee-shirt blanc. Elle entre dans un magasin de vêtements, je fais semblant de m'intéresser à la vitrine. Elle reste longtemps dans la boutique, une vendeuse jette souvent des regards dans ma direction. Je m'éloigne. Enfin elle sort. À nouveau, je la suis. Elle se retourne souvent, alors je fais demi-tour.

La nuit je rêve d'une femme. Est-ce ma belle passante ? Qu'importe, elle ou une autre.

Dans le journal local, je vois une offre d'emploi pour un pâtissier. J'observe la vitrine avant de me présenter.

— Bonjour. Je viens pour l'annonce.

— J'appelle le patron.

— Suivez-moi. Allons dans mon bureau nous y serons plus tranquilles pour parler. Vous êtes bien jeune.

— J'ai plus de dix-huit ans et j'ai mon CAP. Je vais m'inscrire pour passer mon brevet de maîtrise.

— C'est votre premier poste comme ouvrier ?

— Oui.

— Je ne vous cache pas que je recherche quelqu'un qui a de l'expérience. Mon ouvrier a eu un grave accident de moto. Fractures du

bassin et aux bras. Il ne pourra plus travailler.
Vous habitez ici ?

— Oui, rue des Lys.

— Je suis vraiment embêté. Repassez dans deux
jours. Si d'ici là je n'ai trouvé personne, je vous
prends à l'essai.

— D'accord.

Je suis déçu, je ne m'attendais pas à ça. Je me
demande si je ne dois pas rentrer à Paris, car il y
a plus de boulot. Si au bout d'une semaine je n'ai
toujours rien, je partirai.

Les deux jours sont passés, je me rends à la
boulangerie-pâtisserie. La devanture est peu
garnie. Les rares gâteaux ne sont pas beaux.

— Bonjour, le patron m'a dit de revenir.

— Oui, il m'a prévenu. Il a beaucoup de travail,
pouvez-vous revenir à dix-huit heures.

— Pas de problème.

Puisqu'il me donne rendez-vous, c'est que j'ai le
boulot. Je suis content.

En attendant l'heure, je me promène dans le centre-ville. À midi, contrairement aux autres jours, je mange au restaurant. Le temps passe lentement, mais je suis patient. J'arrive à la boulangerie, ce n'est pas la même vendeuse que ce matin.

— Bonjour ! J'ai rendez-vous avec monsieur Carrière.

Elle me conduit dans la même pièce que lors de mon entretien d'embauche. Elle frappe.

— Vous vous doutez bien que si je vous ai demandé de venir c'est que je n'ai trouvé personne. Les ouvriers pâtissiers sont rares de nos jours. Le métier n'attire plus. Je sais, il faut se lever de bonne heure et les journées sont longues. Bon, cela ne sert à rien de se plaindre. Vous avez amené votre diplôme ?

— Oui, tenez.

— Le SMIC[2] est à neuf-cent-soixante-douze euros, je vous le donne en net, c'est plus parlant pour vous. Je vous offre pour commencer mille euros. Si votre essai est concluant, dans six mois

---

[2] Salaire minimum interprofessionnel de croissance.

nous reparlerons de votre salaire. Cela vous convient-il ?

— Parfaitement.

— Je vous fais visiter le laboratoire. Comme vous pouvez le constater, le matériel est récent. Vous savez utiliser ce genre de four ?

— Oui, il y avait le même à l'école.

– On fait de la pâtisserie traditionnelle, viennoiseries, pâte à choux, génoise, etc. Mon ouvrier avait son livre de recettes. À votre âge, je suppose que ce n'est pas le cas.

— J'ai le mien.

— Très bien. On a une pièce montée en commande pour dimanche, vous savez faire ?

— Oui, monsieur.

— Si cela vous pose problème, dites-le, je m'arrangerai avec un de mes collègues.

— Non, je sais faire.

— Je vous montre la réserve. Il ouvre une porte.

— La lumière est sur la droite. Attention, l'escalier est raide.

La pièce est grande, sans fenêtre, juste un soupirail comme ouverture. Il fait frais, mais pas froid.

— Le laminoir, le marbre, le frigo et le congélateur. Ici, les boîtes de conserve, à côté les bouteilles d'alcool, les colorants alimentaires, là les œufs et les blancs. Les génoises sur ces étagères. J'ai fait aménager ce coin pour les glaces.

Nous retournons au bureau.

— Vous avez votre carte d'identité, de sécurité sociale ?

— Oui, monsieur.

— Vous commencerez demain à trois heures. Normalement, c'est plutôt quatre heures, mais vous allez perdre du temps à chercher où se trouvent les produits. La boutique est fermée évidemment à cette heure-ci. Je vous montre le chemin. Vous voyez, ce n'est pas compliqué. Je fais le pain, donc je serai là, il y aura de la lumière.

— La boutique ouvre à sept heures trente, car il y a l'usine d'à côté qui embauche à huit heures. Naturellement, il faut que la viennoiserie et la pâte à choux soient prêtes. Catherine, la vendeuse, arrive à sept heures, cela fait dix ans qu'elle est ici, n'hésitez pas à lui demander quoi que ce soit.

Vous avez des questions ?

— Non monsieur.

— Appelez-moi Jules. À demain.

— À demain.

La boulangerie est à un quart d'heure de mon meublé, je calcule de tête à quelle heure je devrai mettre mon réveil à sonner.

J'arrive cinq minutes en avance et, quand monsieur Carrière me salue, je vois qu'il jette un rapide coup d'œil à l'horloge. Sur le marbre il y a la liste du travail pour la journée. Elle n'est pas très longue et il n'y a rien de compliqué.

À sept heures arrive la vendeuse.

— Catherine, je te présente Louis.

— Bonjour madame.

— Bonjour, appelez-moi Catherine.

Je ne suis pas doué pour estimer l'âge d'une femme ou d'un homme. Je vois bien que Catherine pourrait être ma mère, mais je serais incapable de dire si elle a quarante ou cinquante ans. Elle est de taille moyenne, plutôt corpulente, avec un visage carré. Elle est brune avec des cheveux mi-longs. Elle aurait l'air sévère sans son sourire et ses yeux rieurs.

Il y a deux échelles, l'une pour entreposer la viennoiserie, l'autre les petits gâteaux.

— Vous avez déjà fait tous ces petits gâteaux !

— Oui. J'ai laissé une partie des croissants et des brioches au Panem (Armoire à fermentation contrôlée). Je les cuirai en fin de matinée. Évidemment, si vous risquez d'en manquer, j'en cuirai plus tôt. Je ferai les tartelettes aux fraises plus tard, car elles sont fragiles.

À onze heures trente, j'ai fini mon travail.

— Catherine, pourriez-vous me faire pour demain la liste des commandes pour ce week-end ainsi que des différents gros gâteaux ? Ainsi je pourrai m'avancer.

— Oui, bien sûr, cela sera fait. On peut se tutoyer.

— J'essaierai, car je ne tutoie pas facilement, mais vous, pardon tu, peux me tutoyer.

— À demain, Jules.

— À demain, Louis, en partant prends une baguette et un gâteau.

Je pensais partir plus tard, alors j'achète le journal local et m'installe à une table à la terrasse d'un café qui s'appelle Le Temps perdu. Ensuite, je rentre faire une sieste. Je ne dors pas longtemps, une heure pas plus.

Mon logement est petit, mais le loyer correct, deux cents euros charges comprises. Je n'ai pas de voiture et sors peu, je pourrais prendre un appartement plus grand, mais n'en éprouve pas le besoin. Après la sieste, je fais des courses puis me promène dans la ville.

Ce matin, j'ai commencé à quatre heures. Jules est devant le pétrin.

— Bonjour Louis. Ça va ?

— Bonjour Jules, bien et vous ?

— Ça va. Lundi je passe mes commandes auprès des fournisseurs. Il faudra que tu me dises ce qu'il te faut.

La liste de travail est plus fournie qu'hier et, comme on est vendredi, je dois faire les fonds des tartes et des tartelettes du week-end. Je dois m'assurer que j'ai assez de génoises et de crème au beurre.

Sept heures, Catherine nous salue.

— Louis, j'ai eu des compliments pour ta viennoiserie et tes gâteaux.

— Merci.

Il est treize heures quand je finis. Jules est déjà parti.

— À demain, Catherine !

— À demain, Louis, n'oublie pas ton pain et ton gâteau.

— Merci, une demi-baguette et un croissant me suffisent.

— Ce n'est pas comme ça que tu vas grossir.

Je rentre directement chez moi. Je n'aime pas cuisiner, je me fais des plats simples, pâtes, salades. Je mange de la viande et un poisson une fois par semaine.

En plus de la pièce montée, j'avais à faire un gros gâteau pour vingt-cinq personnes. Le client souhaitait comme décor un footballeur tapant dans un ballon.

— Oh ! c'est superbe. Tu dessines magnifiquement, Louis.

Lundi c'est mon jour de repos. Je me lève à huit heures. J'achète des légumes, je préfère consommer frais plutôt que de stocker. Ensuite, le journal à la main, je me rends au Temps perdu. Il y a du monde, c'est l'heure de l'apéritif. Je lis le quotidien de la première ligne à la dernière. Je ne sais pas où se trouvent les villages cités, ne connais évidemment aucune des personnes mentionnées, mais cela ne fait rien, je lis tout. L'après-midi je vais au cinéma, il y a un James Bond, *Permis de tuer,* à l'affiche.

À la fin du mois, j'ai demandé à être payé en liquide, car je ne veux pas de compte en banque.

Ma période d'essai est terminée. Je suis en CDI. J'ai demandé à Jules si je pouvais apporter un transistor, car j'aime bien écouter de la musique. Il est d'accord.

Trois mois que je travaille ici. Les ventes ont augmenté. Le week-end, il y a beaucoup de commandes avec des décors dessinés. Je suis bien. Jules m'informe qu'il augmente mon salaire de soixante euros. Les semaines sont toutes semblables. Le lundi après-midi, quand il n'y a pas de film qui me plaît, je m'installe à la terrasse du Temps perdu et croque les passants ou les clients. Le patron m'a demandé si j'étais un peintre, je lui ai répondu que j'étais le pâtissier de La Brioche dorée. Il me dit qu'un de ses habitués lui a raconté qu'il souhaitait une rose blanche et une rose rouge comme décoration sur son entremets, qu'il l'avait pris en photo, et qu'un des convives avait déclaré « c'est tellement beau que l'on hésite à le manger ». Le patron du bar pensait qu'il exagérait, mais maintenant il le croyait. C'est une petite ville, et tout se sait.

En début de semaine, Catherine me demande de venir à la boutique, la femme du maire est présente et m'explique qu'elle veut sur le framboisier qu'elle a commandé un joueur de boules qui ressemble à son mari. Elle a apporté une petite photo de celui-ci.

Le maire et ses invités ont été enchantés par le décor et ravis par le goût de l'entremets.

Noël approche, Jules a embauché un jeune homme, ce n'est pas un apprenti mais un étudiant. Il se nomme Daniel. Son travail est de nettoyer les plaques de cuisson et la vaisselle et, une fois que je lui ai montré comment faire, d'aider à la confection des gâteaux. Je lui ai expliqué comment plaquer les croissants, les pains au chocolat, terminer les tartelettes, les tartes. Il apprend vite, cela m'aide beaucoup. Il a deux ans de plus que moi, mais nous nous parlons peu. Il m'a demandé s'il pouvait apporter des Compact Discs (CD). Il ne le dit pas, mais j'ai compris que la musique que j'écoute ne lui plaît pas. Daniel attend que nous fassions le nettoyage pour mettre son CD. Je ne prête pas attention à sa musique, les paroles sont souvent en anglais. Ses chansons en français ne me plaisent pas. Je lui ai demandé une seule fois d'écouter à nouveau une chanson

Les passantes

Je veux dédier ce poème.
À toutes les femmes qu'on aime
Pendant quelques instants secrets
À celles qu'on connaît à peine
Qu'un destin différent entraîne
Et qu'on ne retrouve jamais

À celle qu'on voit apparaître
Une seconde à sa fenêtre
Et qui, preste, s'évanouit
Mais dont la svelte silhouette
Est si gracieuse et fluette
Qu'on en demeure épanoui

À la compagne de voyage
Dont les yeux, charmant paysage,
Font paraître court le chemin
Qu'on est seul, peut-être, à comprendre
Et qu'on laisse pourtant descendre
Sans avoir effleuré la main

À celles qui sont déjà prises
Et qui, vivant des heures grises
Près d'un être trop différent
Vous ont, inutile folie,

Laissé voir la mélancolie
D'un avenir désespérant

Chères images aperçues
Espérances d'un jour déçues
Vous serez dans l'oubli demain
Pour peu que le bonheur survienne
Il est rare qu'on se souvienne
Des épisodes du chemin.

Paroles d'Antoine Pol
Musique de Georges Brassens

J'avais proposé à Catherine un café et des viennoiseries, lors de son arrivée à sept heures, car je prenais mon petit déjeuner. Les trois premières fois, elle avait refusé, car elle l'avait pris avant, puis elle a accepté en disant qu'elle ne le prenait plus chez elle, cela lui permettait de dormir un quart d'heure de plus. Petit à petit Catherine m'a confié qu'elle était divorcée et élevait deux grands garçons.

— C'est du travail et du temps, alors un quart d'heure de sommeil en plus tous les jours c'est appréciable.

Elle me demande si mes parents habitent Paris, ce qu'ils font comme travail. Pourquoi je ne suis pas resté dans la capitale ? Je m'invente une famille et dis que je suis plutôt indépendant.

3

Lorsqu'elle est apparue, j'ai vu un ange. Tout en elle était grâce et beauté. Mon cœur s'est mis à chavirer.

— Bonjour ! je suis Anna, la nièce de Jules.

Jamais de ma vie je n'avais entendu musique plus mélodieuse.

Elle est lycéenne et a dix-sept ans. Elle aide à la vente jusqu'au deux janvier. C'est la deuxième année qu'elle travaille pendant ses vacances de Noël. C'était un vingt décembre. Alors que d'habitude je m'endors sitôt la lumière éteinte, cette nuit-là je me retournai dans le lit dès que je fermais les yeux, le beau visage d'Anna me hantait. Je m'en souviens comme si c'était hier.

Les journées sont longues je commence en semaine à trois heures et finis à quinze voire seize heures. Je continue malgré tout à aller au Temps perdu, mais ne lis plus le journal en entier.

Noël est passé, j'ai travaillé trente-six heures sans dormir. Une nouvelle année commence. Anna va retrouver son lycée, ses copains, ses copines. Il faut que je trouve un stratagème pour la rencontrer, lui parler. Au travail, ce n'était pas possible.

Jules nous a offert le restaurant, à Catherine, Daniel, Anna et moi dimanche, car le lundi la boulangerie est fermée.

— Vous le méritez, vous avez bien travaillé.

Le patron ne vient pas, car sa femme, que je n'ai jamais vue, est malade. Catherine m'a dit que c'était grave sans préciser. Samedi au moment de partir elle nous dit qu'elle nous laisse entre jeunes au restaurant, qu'elle a du travail chez elle. Je me suis acheté un pantalon, une chemise blanche, une cravate et des souliers noirs. Je suis arrivé le premier, je n'ai pas mis la cravate, me disant que cela faisait trop habillé. Daniel, vêtu d'un jean et d'une chemise noire et de baskets, devance Anna de cinq minutes. Elle porte aussi un jean et un débardeur. Je regrette ma tenue.

— Louis, tu es très élégant.

Je devrais lui faire un compliment, mais ne sais que dire. Notre table est réservée.

— Lorsque mon oncle a réservé le restaurant, il m'a dit « quand j'ai embauché Louis, j'étais loin de m'imaginer qu'il était aussi bon pâtissier, nous n'avons jamais eu autant de commandes, les trois-quarts du conseil municipal ont pris leurs bûches chez nous, le maire nous a affirmé que c'est la première fois que la majorité et l'opposition sont unanimes et que c'est grâce à toi si on en est là ! »

Je souris « c'est gentil de la part de Jules de nous offrir le restaurant ». Qu'Anna nous répète les paroles de son oncle, surtout devant Daniel, me remplit de joie. Nous prenons tous l'apéritif, parlons du travail que nous avons fait à la boulangerie et nous nous remémorons les petits incidents. C'est Daniel lui-même qui raconte qu'il avait confondu les pêches et les mangues et que la cliente le lendemain avait affirmé n'avoir jamais mangé une aussi bonne tarte à la mangue. Ensuite, nous discutons du temps. Anna me demande de lui parler de Paris.

— Tes parents ne te manquent pas ? m'interroge Daniel.

— Non. Je leur téléphone toutes les semaines. J'irai les voir quand j'aurai des congés en février.

Je passe une agréable soirée, je craignais qu'Anna et Daniel, qui sont de la même ville, échangent entre eux. Mais leur différence d'âge fait qu'ils n'ont pas grand-chose en commun.

Nous avons raccompagné Anna chez elle. Je rentre, la tête dans les étoiles, un soleil à la place du cœur. Pendant nos échanges au restaurant, j'ai appris dans quel lycée elle est et sais où elle habite. Je ne vais plus au Temps perdu, mais dans un bar qui s'appelle Mes vertes années, car c'est le plus proche du lycée d'Anna. Cela fait deux semaines qu'après ma journée de travail je me rends à ce troquet. Je n'ai pas vu Anna. Je désespère de la rencontrer. Je n'ose pas aller chez elle, lui proposer de sortir ensemble au cinéma.

— Ça va, Louis ?

— Oui, pourquoi ?

— Tu es souvent dans la lune. Des problèmes ?

— Non, non, tout va bien.

— Tu ne veux pas prendre un jour de congé pour aller voir ta famille ? Tu fais de l'avance et tu congèles et je m'arrange pour la cuisson.

— Je vous remercie, mais vraiment ce n'est pas la peine.

— Tiens, qui va là ? C'est gentil de venir saluer son tonton. Comment va ma nièce préférée ?

— Très bien. Papa m'a donné cette enveloppe en me disant que c'est urgent. Bonjour, Louis, ça va ?

— Oui merci.

— Mon frère ne change pas, il fait toujours les choses à la dernière minute. Louis, tu peux sortir la dernière fournée de pain ?

— Pas de problème, j'ai presque fini.

– Merci, j'y vais. Anna, tu diras à ton père que je le verrai à quatorze heures.

— Je ne peux pas, je ne retourne pas à la maison, car j'ai cours à quatorze heures.

— Tu l'appelles de la boutique, car je n'ai pas le temps. Je te vois samedi.

— Non, car c'est l'anniversaire d'une copine. Je dormirai chez elle.

— Ah. Au revoir, Louis.

— Au revoir, Jules.

— Des fois mon oncle se prend pour mon père, peut-être parce qu'il n'a pas d'enfant. Je téléphone et je reviens.

— La prochaine fois, je dirai à mon père de se déplacer lui-même. Louis, tu manges où à midi ?

— J'avais prévu de prendre mon repas ici.

— Tu m'invites ?

— Avec plaisir. Au menu salade verte, vol-au-vent, fromage. Pour le dessert, il y a les gâteaux. Ça te convient ?

— Oui. Tu manges ici tous les midis ?

— Non, c'est exceptionnel, Catherine m'a demandé de tenir la boutique, car elle doit s'absenter.

— Pas plus de trois quarts d'heure, promis.

— Elle est gentille, Catherine, je l'aime bien. Ce n'est pas facile pour elle avec son aîné.

— Tu connais son fils ?

— On était dans la même classe en quatrième. Il avait des problèmes de discipline, de comportement. Je crois que cela ne s'arrange pas. Ça sonne, ne bouge pas, j'y vais !

C'était madame Combes, elle était tout étonnée de me voir là, à table.

Je ne sais pas comment me comporter avec les jeunes filles. Anna est très belle. Je dois dire quelque chose, montrer que je m'intéresse à elle.

— Ça marche, le lycée ?

— Oui, pas de problème.

— Tu veux faire quoi plus tard ?

— Je ne sais pas trop. Mes parents voudraient que je fasse médecine, car j'ai de bonnes notes en biologie et dans les matières scientifiques. Mais cela ne m'attire pas. J'ai encore deux ans pour me décider et, comme je suis de février, je suis décalée. En troisième, la prof principale s'étonnait de mon retard dans ma scolarité. Je lui ai expliqué que mes parents n'avaient pas voulu que je rentre au cours préparatoire avant mes six ans.

— Février…. C'est bientôt ton anniversaire alors.

— Le trois. C'est un samedi, j'ai déjà réservé la salle. Tu me feras un gâteau ?

— Bien sûr. Que veux-tu ?

— Un gâteau avec plein de crème, j'adore ça.

— Un saint-honoré ou une génoise avec une crème chiboust ?[3]

— Je te laisse choisir, je sais que cela sera très bon.

— Merci, je vais y réfléchir, voir si je trouve d'autres idées.

— C'est très gentil à toi.

— Que prends-tu comme dessert ?

— Rien, j'ai déjà trop mangé. C'était très bon. Je suis gourmande, il faut que je fasse attention à ma ligne.

---

[3] Chiboust : crème pâtissière mélangée à de la meringue italienne.

— Tu es mince, tu es très jolie, tu n'as pas besoin de faire attention.

— Merci. Il est l'heure d'aller au lycée.

Je reste là, envahi par une douce euphorie. La sonnerie de la boutique me ramène à la réalité, c'est Catherine qui revient.

— Pas de problème, Louis ?

— Non aucun.

— Tu souris, une cliente t'a complimenté ?

— Oui.

— Jeune et jolie, la cliente ?

— Très jolie.

— Je suis contente pour toi. J'espère que tu vas la revoir.

— Moi aussi.

Je ne vais pas à Mes vertes années, mais retourne au Temps perdu. Le patron me demande si j'avais été malade, je lui réponds que j'avais beaucoup de travail et rentrais me coucher aussitôt le travail fini. Je passe mon temps à relire mon livre de recettes, aucune d'entre elles ne me convient. Je m'aperçois que j'ignore le nombre de personnes pour le gâteau d'anniversaire d'Anna. C'est important de le savoir. Comment la contacter ? Je n'ose questionner Catherine ou Jules.

Mercredi trente-et-un janvier, je me lève de ma sieste à moitié endormi quand j'entends frapper à ma porte. L'espace d'un instant, je panique sans raison. Personne ne connaît mon adresse. J'ouvre et le beau visage d'Anna apparaît.

— Bonjour, Louis, je ne te dérange pas ?

— Non, entre. Tu veux boire quelque chose.

— Un verre d'eau ça ira. Merci. J'ai eu ton adresse par mon oncle.

Elle regarde autour d'elle. Je regrette de ne pas avoir accroché un ou deux posters, de ne pas avoir de fleurs dans un vase. Je vois mon appartement avec ses yeux, c'est gris, c'est triste. Le rangement et la propreté accentuent le sentiment de vide, d'absence.

— Je sais que le dimanche tu commences tôt, mais si tu peux passer samedi à mon anniversaire cela me ferait plaisir.

— Merci, merci beaucoup. Je viendrai.

— J'ai loué la salle communale à partir de vingt-et-une heure, on doit impérativement quitter les lieux à deux heures. L'électricité est coupée automatiquement. Tu peux venir quand tu veux. On sera une quinzaine des filles et des garçons de ma classe, plus des copains du lycée. Il n'y aura que des jeunes. La salle est en dehors de la ville. Tu connais ?

— Non. Je trouverai.

— Si tu as le temps, je t'y emmène, comme cela tu connaîtras le chemin. Ce n'est pas vraiment loin, une petite demi-heure de marche, mais il n'y a pas de voisins proches, pour la musique c'est mieux.

Je marche aux côtés d'Anna, je respire son parfum. Je l'écoute parler. Je suis heureux. Je sens mon cœur battre dans ma poitrine, mon sang circuler dans mes artères, mes veines. Je vis.

Je suis allongé sur mon lit, ma tête est toute remplie d'Anna, de ses sourires, de ses yeux, de ses lèvres. Je sais, je le ressens au plus profond de moi-même. Anna c'est différent des filles, des femmes que je trouve jolies, séduisantes. Amoureux, je n'ose penser le mot, encore moins le dire. Cela me fait peur. Ma journée de travail terminée, samedi en début d'après-midi, je fais le gâteau d'Anna. C'est un entremets que j'ai créé, une couche de génoise une couche de crème chiboust parfumée à l'orange, une couche de meringue, puis une autre couche de crème, une fine génoise recouverte de pâte d'amande sur laquelle j'ai dessiné le visage d'Anna et écrit « joyeux anniversaire » en dessous.

— C'est magnifique, Louis. Elle en a de la chance, Anna. Je n'en ai jamais eu d'aussi beau.

— Merci. Pour ton anniversaire, je peux t'en faire un pareil, Catherine.

— Tu es gentil, Louis.

— Je le paierai, ce sera mon cadeau.

— Pourquoi tu ris ?

— Le gâteau, elle ne le paie pas. Tu oublies que c'est la nièce de Jules. Ne fais pas cette tête-là.

— Mais je n'ai pas de cadeau. Je ne peux y aller les mains vides.

— Je sais qu'elle voudrait aller au concert de Bob Dylan à Paris en juin. Mais que le billet est cher, plus le train aller et retour, plus une nuit d'hôtel. Cela va chercher près de quatre-cents euros.

— Tu sais où on peut acheter un billet du concert ?

— Mon fils m'a dit que le disquaire de la rue Louis Braille en vendait.

Je n'ai pas eu de mal pour me procurer un billet, le marchand de disques se plaignait que les gens d'ici ne se ruent pas pour acheter ce qu'il nomme le sésame pour Bob Dylan. À celui-ci, j'ai rajouté trois-cents euros pour le train et l'hôtel. Je me suis couché de bonne heure, mais je n'arrive pas à dormir. Je suis énervé, pensant à la soirée d'anniversaire. Je suis le seul travailleur au milieu de lycéens. De quoi vais-je pouvoir discuter ? Je ne peux pas parler pâtisserie toute la soirée. De musique oui, j'écoute la radio tout le temps, je suis au courant. Ils se connaissent depuis longtemps et ont plein de choses en commun. Donner mon cadeau et repartir de suite en prétextant que je commence tôt, c'est me priver de la présence d'Anna. Elle a dit que cela lui ferait plaisir que je vienne. Je ne veux pas la décevoir. J'arrive à vingt-deux heures à la salle communale, trois filles dansent, dans un fauteuil un couple s'embrasse. Deux garçons et une fille se servent à boire. Les autres sont assis sur des chaises ou par terre et discutent. Je cherche des yeux Anna et ne la vois pas. Je panique.

— Tu es Louis ?

— Oui.

— Isabelle.

— Enchanté.

Elle fait une petite révérence et, en riant, dit :

— Enchantée également.

Je me trouve bête et suis mal à l'aise.

— Anna va revenir. Elle a oublié les assiettes et les couverts. Elle m'a dit que tu as fait un gâteau magnifique et que tu es un super pâtissier. Moi je suis gourmande.

Elle me prend le bras.

— Je t'offre un verre.

Elle me présente aux deux garçons et à la fille
qui sont au bar. L'un des jeunes hommes, Éric,
évoque son anniversaire qui aura lieu dans
quinze jours. Il voulait le faire chez lui, mais ses
parents refusent catégoriquement. La salle est
prise à cette date. Il demande à Isabelle si cela
serait possible chez elle.

— Non, mes vieux sont pires que les tiens. Ils
disent que les jeunes d'aujourd'hui ne savent pas
s'amuser sans boire et tout casser.

— Putain, mes dix-huit ans je ne vais pas
pouvoir les fêter.

— On peut demander au patron du Temps perdu,
je l'ai entendu dire qu'il louait parfois la salle le
dimanche.

— C'est génial ça comme idée !

— Je le connais un peu, il ne voudra pas louer à
un mineur et il demandera un chèque de caution.
Mes parents avaient utilisé sa salle pour leur
vingt-cinquième anniversaire de mariage,
intervient Isabelle.

— Je peux me porter caution, je travaille.

— Tu ferais ça, mec ?

— Bien sûr.

Il crie :

— Anna, ce mec est super !

Toutes les têtes se tournent vers nous.

— Salut Louis, je vois que tu as déjà fait connaissance.

— Salut, Anna.

— C'est sympa d'être venu. Tu ne vas pas beaucoup dormir.

— Ça ira, j'ai fait une bonne sieste cet après-midi.

Ce n'est pas vrai, je n'ai pratiquement pas fermé l'œil, énervé, angoissé comme je l'étais. Mais je ne peux pas le dire.

— On mangera le gâteau à minuit, car c'est à cette heure-ci que je suis née. Tu seras encore là ?

— Oui, je reste jusqu'à la fin. Il faudra le sortir du frigo une demi-heure avant.

— On donne les cadeaux à minuit ? demande une fille qui vient de se joindre à nous.

— C'est comme vous voulez.

Deux garçons appellent Anna. Isabelle me propose de danser. Au foyer, à la DDASS, il arrivait que l'un d'entre nous mette de la musique et on gigotait. Pendant que nous dansons, d'autres filles et garçons me saluent. Je ne retiens pas tous les prénoms. Anna nous a rejoints, « le premier slow est pour toi » dit-elle. Je sens son parfum, son corps tout contre moi. J'ai envie de lui dire « je t'aime ». Plus tard j'ai dansé des slows avec Isabelle et une fille qui s'appelle Caroline. Avec les garçons, entre deux passages sur la piste, je discute musique, leur décris Paris. Je m'invente une famille et une vie. Arrive minuit, un garçon amène l'entremets. Tous s'extasient sur le portrait d'Anna dessiné sur la pâte d'amande. Elle me prie de couper le gâteau, pendant ce temps ses copines et copains lui offrent leurs cadeaux. Je m'applique à faire des parts égales, je les pose dans les assiettes, et je lui tends mon enveloppe et lui fait une bise en lui souhaitant un très bon anniversaire.

— Oh, Louis, c'est super ! C'est trop ! Comment as-tu su que j'adore Bob Dylan et voulais aller à son concert ?

— C'est Catherine qui me l'a dit.

On mange mon gâteau, on me complimente, il y a du champagne.

Il faut rendre la salle, je participe au nettoyage et au rangement. On est quatre à raccompagner Anna. Les autres habitent près de chez elle, moi ce n'est pas mon quartier, mais c'est pour rester le plus longtemps auprès d'elle. J'aurais préféré être tout seul. Je vais directement au travail même si je suis en avance. Dans ma tête je me repasse tous les moments que j'ai passés avec Anna. Elle a été aimable avec tout le monde, c'est sa nature, mais plus particulièrement avec moi. Je suis une bulle, une plume, un oiseau, j'ai des ailes, je vole.

Quand Catherine arrive, comme tous les matins en prenant notre café nous bavardons.

— Tu as une tête d'amoureux, c'est ta jolie cliente que tu as revue.

J'abonde dans son sens.

— C'est bien. Tu es un brave petit.

Comme je ne travaille pas le lundi, je prends mon petit déjeuner au Temps perdu et demande au patron si je peux louer la salle de son restaurant pour le dix-huit. Je m'arrange quelque peu avec la vérité en disant qu'il y aura des adultes et des jeunes. J'ai convaincu le patron et obtenu la salle.

4

Je ne connais pas l'adresse d'Éric ni même son nom de famille, cela me fait un bon prétexte pour voir Anna. J'ignore si elle rentre chez elle pour manger le midi, pour être sûr de la rencontrer je dois attendre le soir. La journée me paraît interminable, je suis passé quatre fois devant le lycée aux horaires de sortie, mais en pure perte. Il est dix-huit heures, je suis sur le chemin pour me rendre chez Anna. Je l'aperçois de loin et l'appelle. J'arrive près d'elle.

— Louis, qu'est-ce qu'il se passe ? Tu m'as fait peur !

— Excuse-moi. Je ne voulais pas t'effrayer. Je souhaitais te voir pour te demander l'adresse d'Éric, car j'ai pu réserver la salle du Temps perdu.

— C'est super ! Il va être content, ce matin encore au lycée il s'inquiétait de ne pas avoir de lieu pour son anniversaire. Il n'habite pas très loin, on va le lui dire.

— Bonne idée. D'accord.

Je marche aux côtés d'Anna, c'est merveilleux, fantastique. Un soleil illumine mon âme, les étoiles de la voûte céleste ne brillent que pour nous deux. Éric m'a félicité comme si j'avais gagné le concours de meilleur ouvrier de France.

Ce qui m'a fait le plus plaisir ce sont les paroles d'Anna :

— Louis, on peut compter sur lui. Il est sérieux.

Je la raccompagne jusqu'à sa maison et nous nous quittons là, après nous être fait une bise. J'attends avec impatience l'anniversaire d'Éric.

Au travail, je parle peu avec Jules, aucun de nous deux n'est un bavard. Le seul moment où je discute, c'est avec Catherine lors de notre petit déjeuner. À vrai dire, je l'écoute plus que nous échangeons. Elle a toujours des choses à raconter, avec son ex-mari qui est livreur, ses deux fils ados, plus les clients de la boutique. Elle a fait quelques allusions à Anna, mais j'ai fait celui qui ne comprenait pas.

Parfois j'ai envie de lui confier que j'ai menti, que je n'ai pas eu de famille, que je suis de la DDASS, un enfant trouvé, comme on dit d'un colis trouvé. Je n'en ai pas le courage, il me faudrait expliquer pourquoi j'ai honte de cela et je ne le sais pas moi-même. Lui dire que je lui ai menti depuis le premier jour, c'est impossible.

Après le travail je vais toujours au Temps perdu, et j'échange quelques mots avec le patron. Je dessine le visage d'Anna sur du papier d'Ingres que m'a conseillé le libraire.

— Elle existe réellement, me demande le cafetier ?

— Non, c'est purement imaginaire.

— Dommage.

Il me rappelle les consignes pour le prêt de la salle, insiste beaucoup sur le fait que je suis responsable. Au fil de notre discussion, je comprends qu'il est allé se renseigner auprès de Jules.

C'est le grand soir. J'ai décidé de profiter de cette occasion pour me déclarer auprès d'Anna. Après une courte sieste, j'ai préparé la salle avec Éric et Nathalie, sa copine. Ils m'ont promis qu'il n'y aurait que très peu d'alcool, un peu de fumette, m'ont-ils dit. Pour me rassurer, Éric me dit que ce sont à peu près les mêmes personnes qu'à l'anniversaire d'Anna et qu'il n'y a pas eu de problème.

La première à arriver est Isabelle, elle me saute au cou en s'écriant :

— Louis. Je suis super contente de te voir.

Rapidement la salle se remplit. Daniel, l'étudiant qui m'aidait pour les fêtes de fin d'année, vient accompagné d'une jeune fille qui était présente à l'anniversaire d'Anna.

— Salut Daniel.

— Salut Louis. Je vois que tu t'es fait des amis, c'est super ! Tu connais ma sœur Christine ?

À ce moment, la porte s'ouvre et Anna entre. Elle est lumineuse. Mon cœur bat à deux-mille à l'heure. Elle nous gratifie tous les trois d'une bise. Nathalie, l'amie de Daniel, m'interpelle suite à un problème avec la sono. Quand j'ai réussi à la réparer, Isabelle me demande de danser avec elle. Je cherche des yeux Anna, mais ne la vois pas.

« Le gâteau ! » crie Daniel en tapant dans ses mains. Je dépose l'entremets sur la table, tout le monde est là. C'est une forêt noire de forme rectangulaire, décorée d'une pâte d'amande représentant un cœur avec trois vers d'un petit poème de Robert Dutertre intitulé « Tous deux ».

Tous deux, nous goûterons à l'amour infini

Ma main prenant ta main, mes yeux dans tes yeux.

Nos cœurs se parleront sur nos lèvres unies.

C'est en pensant à Anna que j'ai recopié ces vers.

Éric souffle les bougies. Daniel débouche le champagne pendant que je découpe le gâteau. La sono passe un slow, je cherche Anna, mais ne la trouve pas. Une fille veut danser avec moi, je n'ose refuser. La soirée est déjà bien avancée, je n'ai pu échanger que quelques mots avec Anna, elle est toujours entourée. Je suis inquiet, car je crains de ne pouvoir lui parler seul à seul. C'est pratiquement l'heure de rendre la salle, certains sont déjà partis, j'ai entendu dire qu'ils allaient se réunir sur une place de la ville. J'aperçois

Anna qui entre dans la cuisine. Je traverse la salle et pénètre dans l'office. J'allais l'appeler quand je la vois de dos dans les bras de Daniel. Je suis foudroyé. Reprenant mes esprits, je m'enfuis. Je sais qu'ils ne m'ont pas vu, tout occupés qu'ils étaient à leur baiser. Comment ai-je pu me retenir de hurler quand ils sont venus tous les deux me dire au revoir ? Je me le demande encore. La salle rangée, je suis allé directement au travail. Sur le chemin, je pleurais.

Jules m'apprend que la boulangerie sera fermée la première semaine de mars.

— Tu pourras aller chez tes parents.

Catherine voit bien que ça va mal et m'interroge :

— Avec ta jolie cliente, ça n'a pas marché ?

Mais, devant mon agressivité, elle n'insiste pas.

L'après-midi, je dois retourner au Temps perdu pour récupérer ma caution. Cela me crève le cœur d'y aller. Le patron me félicite, il n'y a pas eu de casse, la salle et la cuisine sont nettoyées et rangées. Les voisins ne se sont pas plaints. En me rendant ma garantie, il me dit que je peux la relouer quand je veux. Je le remercie, mais dans ma tête je sais que je ne reviendrai jamais ici.

Les jours passent, ma douleur est toujours aussi vive. Catherine essaie de me remonter le moral.
— Les chagrins d'amour se fanent à ton âge, me répète-t-elle souvent, ne t'en fais pas, une de perdue dix de retrouvées, tu as toute la vie devant toi.

Elle ne se rend pas compte, elle ne peut pas savoir qu'Anna c'est mon amour, ma raison de vivre. Les filles, les femmes séduisantes ne m'intéressent pas, il n'y a de place dans mon cœur que pour un seul et unique Amour.

C'est la veille de mes congés, c'est une petite ville, je sais que, si je reste Jules, le saura et il faudra que j'explique pourquoi je ne suis pas allé chez mes parents.

Je ne connais que Paris, mais je n'ai pas envie d'y retourner. J'ai pris le train pour Mâcon, à cette saison je me dis que je ne devrais pas avoir de problème pour trouver un hôtel. J'en ai déniché un dans une petite rue, pas très loin du centre-ville. Je paie en liquide, car je ne veux pas de carnet de chèques.

Les journées sont toutes pareilles. Petit déjeuner à l'hôtel, ensuite je lis le journal local dans un café, retour à l'hôtel pour midi. Je suis en pension complète. Ensuite, je me promène dans la ville, me pose sur un banc dans un parc ou dans un café. J'apporte toujours mon matériel de dessin et fais des croquis. Dans ma pochette il y a les portraits d'Anna que j'ai réalisés au Temps perdu. Je les contemple et mon cœur saigne.

 Mes congés sont finis, je suis content de reprendre le travail, mais cela veut dire être dans la même ville qu'Anna. Proche et loin en même temps. Cette idée me fait souffrir.

Jules me demande comment se sont passées mes vacances.

— Très bien, je lui réponds, mes parents étaient contents de me voir.

Avec lui ce n'est pas difficile de mentir, du moment qu'il entend ce qu'il souhaitait entendre. Avec Catherine, ce n'est pas pareil. Elle veut des détails, comment sont mes parents, quels âges ont-ils ? Comment est ma chambre ? Cela n'arrête pas. J'invente au fur et à mesure. Ne pas répondre serait bizarre. Quand elle part pour nettoyer la vitrine, je note sur un papier les renseignements que je lui ai donnés. Je me dis que je dois les apprendre par cœur pour ne pas me trahir. Au travail je suis bien, je reste concentré sur ce que je fais. À cette époque de l'année, il n'y a pas beaucoup de travail, même en traînant je ne finis pas tard. Devant moi s'étalent de longues heures. Elles sont d'autant plus interminables que je n'arrive pas à faire la sieste et n'ai pas le courage de dessiner. À chaque fois que je prends ma pochette, le beau visage souriant d'Anna me regarde. Je pleure.

Le soir dans mon lit, quand le sommeil me fuit, les idées les plus folles me traversent la tête. J'attends Anna devant chez elle, lui déclare mon amour et, miracle, elle m'assure qu'elle aussi m'aime, que Daniel c'était juste un baiser un soir de fête. La seconde d'après, je me traite de tous les noms, comment puis-je croire de pareilles sottises. Je balance entre un espoir fou et un désespoir noir. Les semaines passent. Heureusement qu'il y a le travail pour m'occuper. L'absence d'Anna me remplit le cœur, la tête, les tripes.

Pâques approche, j'ai plus de boulot, je fabrique les œufs, les poules, les lapins au chocolat l'après-midi dans la cave. Il y fait plus frais, parfois j'entends les commentaires des clients par le soupirail. Cela m'amuse. Je pense toujours à Anna, mais ne rêve plus qu'elle m'aime. Je suis amer.

Quel choc ! Tout mon être s'est arrêté, le cœur, les poumons, le cerveau. Si je ne me suis pas écroulé, c'est uniquement parce que j'avais les mains posées sur le marbre.

Anna est apparue. Plus belle, plus radieuse que jamais. Elle vient vers moi et me fait la bise.

— Bonjour, Louis, tu as l'air surpris de me voir.

— Oui, Jules ne m'a pas prévenu.

— Tu aurais dû te douter que Catherine n'y arriverait pas toute seule le week-end de Pâques. Tous ceux que je connais au lycée achètent leur pâtisserie ici maintenant. Et Isabelle fait une véritable propagande pour tes chocolats.

— Merci. C'est gentil de me dire cela.

J'ai envie de crier « je t'aime ». La voir sans la prendre dans mes bras, sans l'embrasser, m'est intolérable.

— Je dois surveiller le four.

— Bien sûr, tu as du travail. À tout à l'heure.

Je quitte le laboratoire, ma journée est finie. Anna n'est pas revenue me voir. Trop de travail sans doute, mais tout de même elle pouvait bien trouver quelques minutes pour discuter. Le lendemain, quand elle prend son service, elle s'avance et me fait la bise comme si de rien n'était. Pas un mot d'excuse. Je me retiens de lui dire qu'elle aurait dû me prévenir. Elle m'a trahi.

Lundi, exceptionnellement, je travaille. Je prends mon petit déjeuner avec Catherine comme tous les matins.

— Elle est jolie, Anna.

— Oui. Pourquoi tu dis cela ?

— Comme ça, histoire de causer. Jolie, intelligente et sympathique, elle doit avoir plein de prétendants.

— Cela ne me regarde pas.

— Tu as raison. Moi non plus d'ailleurs. Mon aîné l'a draguée, c'est lui qui me l'a dit. Évidemment, ça n'a pas marché. Cela ne m'étonne pas du tout, mon fils et Anna c'est comme le feu et l'eau ensemble. Il en a vite retrouvé une autre, une gentille fille au demeurant. Tu connais le bar Les Bons Amis.

— Non, pourquoi ?

— Mon fils y va. Il y a plein de jeunes. Tu pourrais t'y faire des copains et des copines. Bon, je bavarde, mais ça ne fait pas le boulot. J'y vais.

Je connais bien Catherine maintenant. C'est une maligne, elle se doute de quelque chose, peut-être parce qu'elle est mère de deux garçons. Par moments j'ai envie de me confier, de tout lui dire. Mais je n'y arrive pas, sans trop savoir si c'est à cause de la honte ou d'autre chose.

Je suis allé une fois aux Bons Amis, cela ne m'a pas plu. Il y avait du monde, du bruit, je suppose que le fils de Catherine ne devait pas être là. Sa mère a dû me décrire, il m'aurait reconnu.

Mai est là, il fait chaud je n'ai pas l'habitude de cette chaleur. Jules m'a informé que la commune n'est pas très touristique, la boutique sera fermée du quatorze juillet au quinze août. Je ne sais ni où ni comment passer mes congés. Je pense toujours à Anna, je ne fais que cela. Je l'aime, mais je lui en veux. Elle m'a laissé espérer, puis m'a abandonné comme une chose inutile. Elle s'est moquée de moi. Parfois la colère me submerge, je souhaite que tous ceux qui l'approchent meurent. Ou alors c'est elle qui meure et je suis le seul à aller jour après jour sur sa tombe.

Le week-end des communions, Anna est venue aider à la vente. Elle était distante. Prétextant la tenue des fruits, car j'avais changé la recette du nappage, je suis allé à la vitrine. Anna est derrière la banque, il n'y a pas de clients. Je me dis qu'elle préfère rester seule plutôt que de venir discuter avec moi.

Il fait de plus en plus chaud. Je passe beaucoup de temps à la cave, car nous vendons beaucoup de glaces. De temps en temps je regarde par le soupirail et me surprends à penser que je vivrais bien là tout seul, oublié de tous.

Juin est triste. Anna me hante. Elle ne me veut pas. Je me traînerais à genoux devant elle, pour elle. J'irais au-devant de ses désirs. Je serais l'ombre de son ombre. Je serais l'air qu'elle respire, le soleil pour la réchauffer, le vent jouant dans ses cheveux. Pour elle je déplacerais les montagnes, boirais les océans, fleurirais les déserts si elle me le demande.

La date de mes congés approche. Cela m'effraie. Je n'aime pas changer de cadre, d'habitudes. Comment occuper tout ce temps ? Ce n'est pas la solitude que je crains, mais la nouveauté, l'inattendu.

Le matin de mes vacances, je prends le train pour Paris. C'est de l'inconnu connu. J'ai payé en liquide une semaine pour un hôtel miteux. Le deuxième jour, je suis passé devant le foyer de la DDASS, j'ai hésité, mais je ne suis pas entré. Je veux garder le même rythme qu'au travail, sieste l'après-midi, couché de bonne heure et réveillé la nuit. Je me suis aperçu qu'il me serait impossible de dormir la journée à cause du bruit, du va-et-vient et de l'absence d'insonorisation. Errer la nuit s'est vite révélé désespérant. Si vous n'avez un aucun but précis, travailler, danser, boire, voler, tuer, la nuit vous rejette impitoyablement. Lors d'une de mes errances, je me suis engagé involontairement dans une rue où de nombreuses prostituées exerçaient. Je me tenais sur le bord opposé du trottoir, j'entendais des « Beau gosse, tu viens ? ».

Je marchais, tête baissée, puis l'une d'elles est venue vers moi :

— Je t'emmène au septième ciel, mon chéri.

Je l'ai regardée, c'était une jeune asiatique de mon âge. Je me suis enfui en courant. Elle s'est mise à rire. Son rire, certaines nuits, me poursuit encore.

La semaine passée, j'ai changé d'hôtel et d'arrondissement. J'ai abandonné l'idée de ne pas dormir la nuit. Petit déjeuner à l'hôtel, puis je sors, lis le journal dans un café ou dans un parc. Je dévore les faits divers, les lisant plusieurs fois, je consulte les offres d'emploi, je me dis que c'est stupide, puisque j'ai du travail, mais ne peux m'en empêcher. Le reste du journal, j'y jette un œil distrait. Le midi je mange au restaurant ou m'achète un sandwich et un fruit. L'après-midi je m'installe dans un parc et je dessine. J'ai mis le portrait d'Anna au fond de la pochette, je sais qu'il est là, mais ne le vois pas. J'aime dessiner, je me sens utile, comme au boulot. Tout ce que je vois, le paysage, les maisons, les personnes lorsqu'elles restent assises assez longtemps, je le couche sur mon papier Canson. Au jardin du Luxembourg, je croquais des enfants jouant avec leur voilier.

— Vous avez un sacré coup de crayon ! Vous faites les Beaux-Arts ?

— Non, je crayonne comme ça, pour m'amuser.

— Vous avez du talent, vous devriez l'exploiter.

— Merci.

L'homme reste dans mon dos, à me regarder. Cela me fait plaisir que quelqu'un apprécie mes dessins.

Samedi il pleuvait des cordes, je suis allé au cinéma voir Cyrano de Bergerac. Je ne connaissais pas l'histoire. Cela me rappelle mon amour non partagé avec Anna. J'ai pleuré. Je l'aime toujours, mais je lui en veux.

Enfin, je suis rentré, je suis passé chez Jules pour lui demander si je pouvais aller à la boutique lundi, veille de l'ouverture. Je souhaite regarder l'état du stock, ce qu'il faut commander. J'ai trouvé Jules bizarre, il était évident qu'il était content de me voir, pourtant une certaine tristesse était perceptible. Il m'a donné les clefs de la boulangerie en me disant qu'il n'était pas nécessaire que je les lui ramène, il commencera après moi.

Pendant que je me dirige vers le magasin je m'interroge. Le patron commence habituellement avant moi. Pour quelle raison c'est différent ? J'ai repris le travail, je suis tout seul, je suis bien. Jules arrive une demi-heure après moi. On se salue, je vois bien qu'il est ailleurs.

Catherine arrive, elle veut que je lui raconte mes vacances. J'invente, je lui dis que j'ai passé une semaine chez mes parents puis trois semaines en Belgique chez mon oncle. À la télé à l'hôtel j'avais vu un reportage sur ce pays. Elle me félicite, dit que je suis un brave petit. Que mes parents peuvent être fiers de moi ! Je lui demande si elle a remarqué que le patron n'était pas dans son état normal.

— Oui, c'est la première fois que je le vois comme ça. Il a des jours moins bons que d'autres, comme tout le monde. Mais là, on se rend compte qu'il est soucieux.

Samedi, Jules nous apprend que le magasin fermera dimanche à treize heures et qu'il aura quelque chose d'important à nous dire. Avec Catherine, nous nous interrogeons du regard.

 Dimanche, nous sommes réunis dans le bureau, Jules, Catherine et moi. Le patron est mal à l'aise.

— J'ai beaucoup réfléchi. Il n'y a pas d'autres solutions. Vous savez que ma femme est gravement malade. Elle a un cancer, son état s'est détérioré. Les médecins assurent que c'est une question de mois, six au maximum. Alors j'ai décidé de vendre la boutique. Je veux être présent en permanence auprès d'elle. Pour toi, Louis, je ne me fais pas de souci, tu es jeune, sans enfant. Tu es un très bon pâtissier, tu trouveras du travail facilement. Parfois la nuit, quand nous travaillions ensemble, je me disais que dans quelques années Louis pourrait reprendre le commerce. Catherine, je ne peux vraiment pas faire autrement. Je ne sais quoi te dire.

Nous restons là de longues minutes tous les trois, en silence. Jules se lève, nous faisons de même sans un mot et nous partons.

— Je ne réalise pas. Plus de dix ans que je travaille ici avec lui. Et cela se termine comme ça. À mon âge ce n'est pas facile de retrouver du travail.

— Le prochain aura besoin d'une vendeuse, il te gardera.

— Ce n'est pas dit que ce sera une boulangerie. Il y en a de moins en moins. Les gens vont au supermarché acheter leur pain et leurs gâteaux. Avant que tu arrives, le chiffre d'affaires baissait.

— Maintenant, ça va mieux, non ?

— Oui.

— Qu'est-ce qui va se passer ?

— Je n'en sais rien.

Cela n'a pas traîné, en moins d'un mois la boulangerie était vendue. À en croire la rumeur, le patron l'avait bradée. C'est un couple qui l'a achetée pour la transformer en pizzéria. Pour moi, cela signifiait que je devais chercher un autre boulot. Pour Catherine, il y aurait peut-être la possibilité qu'elle travaille comme serveuse.

Le patron m'a fait un certificat de travail élogieux et a été généreux sur les indemnités.

5

Me voici de nouveau à la recherche d'un patron.
Je regarde les petites annonces et me suis inscris
à l'ANPE[4] et au chômage. Je sais que je ne veux
pas aller à Paris, j'aime bien le Sud, mais il n'y a
pas une ville en particulier qui m'attire.
L'employé de l'agence me rappelle Richard, un
éducateur du foyer. Ils ont le même tic, à la fin
de chaque phrase il claque la langue. Les grands
racontaient qu'il ne fallait pas se trouver seul
avec Richard, car il aimait bien les petits
garçons. Je ne sais pas si c'est vrai, je n'ai jamais
eu de problème avec lui. Souvent je me demande
ce que sont devenus Étienne, Gérard et d'autres
du foyer. Étienne, j'ai fait des recherches pour le
retrouver. C'est lors de ces recherches que j'ai
appris le début de ma vie. Étienne, je l'ai revu à
l'âge de trente ans, lui devait en avoir trente-
deux. Il en paraissait cinquante. Il était d'une
maigreur à faire peur, de longs cheveux sales,
une barbe en broussaille. C'était un junky. Il ne
m'a pas reconnu, ne se souvenait pas de moi. Je

---

[4] Agence Nationale pour l'Emploi devenue France Travail.

77

lui ai donné les cinquante euros que j'avais sur moi.

On recherche un pâtissier à Millau. Je regarde sur une carte. Pourquoi pas ?
Partir cela veut dire m'éloigner d'Anna. Peut-être que loin d'elle j'arriverai à l'oublier. J'ai appelé, la place est libre, on se donne rendez-vous pour le surlendemain. C'est ma dernière nuit ici. Le lendemain matin, je passe dire au revoir à Catherine. Elle habite un petit immeuble de quatre étages. Ses fils ne sont pas là. Je lui promets que j'écrirai aussitôt que je serai installé à Millau. Que je reviendrai un jour ici pendant mes vacances et qu'elle sera toujours la bienvenue chez moi. Je la quitte, le cœur lourd, je regrette de lui avoir menti au sujet de mes parents. Je sais que nous ne nous reverrons plus. Je me rends à la gare. Je suis dans le train, la tête appuyée contre la vitre. Le TGV démarre, sur le quai d'à côté j'aperçois Anna, elle me voit et me fait un signe de la main, auquel je ne réponds pas.

Il y a un hôtel près de la gare, je réserve pour deux nuits. Mon maigre bagage déposé, je demande mon chemin à l'accueil de l'hôtel pour me rendre à la pâtisserie qui s'appelle Les Délices de Jules. J'y vois un signe. Ce n'est pas loin d'où je dors. Je regarde la vitrine et achète deux petits gâteaux. Assis devant un café, je mange mon paris-brest et ma tarte au citron meringuée. Tous les deux sont excellents, très fins. Je fais un petit tour puis rentre à l'hôtel.

Le lendemain.

— Bonjour. J'ai rendez-vous pour la place.

— Bonjour. Suivez-moi.

Elle frappe à une porte vitrée.

Je suis surpris, c'est une femme qui me reçoit. La pièce est grande, le bureau est encombré de papiers.

— Bonjour. Vous êtes Louis Aimé.

— Oui.

— Joli nom. Au téléphone vous avez dit que votre patron avait vendu, c'est ça ?

Je hoche la tête.

— Vous avez votre certificat de travail ?

— Tenez.

— Merci. Visiblement vous étiez apprécié. Ici, il y a deux pâtissiers, on ne fait pas de pain. Vous avez déjà travaillé en équipe ?

— Non, c'était mon premier poste et j'étais tout seul.

Ici, il y a un chef, c'est lui qui répartit le travail. Il n'y a pas de poste défini, je tiens à ce que chacun puisse tout faire, viennoiserie, entremets petits et gros, glaces. On travaille également le nougat et le chocolat. Vous savez faire ?

— Le chocolat j'en fais à l'école et pour Pâques.

— Vous avez une fiche de paie ?

— Voici.

Je vois qu'elle fait la moue, m'évalue. Je vous prends à l'essai au même tarif. Cela vous convient ?

— Oui madame.

— Demain, venez à huit heures. Raymond, c'est le chef, vous fera visiter et vous expliquera ce qu'il attend de vous. Pour tout ce qui touche la confection, vous voyez avec Raymond. Pour ce qui concerne les papiers, la paie, les congés, c'est moi qui m'en occupe. Des questions ?

— Non madame, c'est clair.

— À demain, Louis.

— À demain, madame.

Ce n'est pas comme chez Jules Carrière. C'est moins familial, plus hiérarchisé, mais cela ne me gêne pas, je vais apprendre et progresser.

C'est mon premier jour aux Délices. Le chef me fait visiter, c'est beaucoup plus grand que chez Jules. Nous n'avons pas de contact avec les vendeuses, nous déposons dans un sas. Il y a un interphone pour communiquer.

Raymond a une cinquantaine d'années, plutôt trapu, avare de paroles. Il a gagné plusieurs concours en pâtisserie. Dominique, l'autre pâtissier, a une trentaine d'années, il est rondouillard et bavard. Raymond me demande de lui donner ma nouvelle adresse quand j'aurai trouvé un appartement, au cas où je serais en retard et qu'il faille me réveiller. Il ne s'exprime que dans le cadre professionnel, une fois son

« bonjour » dit. Comme je réponds de façon évasive et avec mauvaise grâce, Dominique n'insiste pas. Il chantonne. Je m'entends bien avec Raymond, car nous avons le même caractère. Parfois, la journée finie, nous restons tous les deux au laboratoire, nous testons de nouvelles recettes, il m'apprend certaines techniques, astuces.

Ma période d'essai est terminée.

— Louis, vous êtes embauché. Raymond est content de vous. Je ne devrais pas le dire, mais il vous trouve très doué.

Je suis en CDI [5]. Je loue un petit appartement près de la pâtisserie. La patronne m'a appelé.

— Nous restons ouverts toute l'année. Pour les congés, évidemment, vous ne pouvez pas partir tous en même temps. Raymond part tous les ans en novembre, il a acheté une maison au Maroc. Dominique, c'est compliqué, il a des enfants et souhaite juillet ou août. C'est touristique ici et il y a du passage, mais comme vous serez trois l'année prochaine je lui donnerai trois semaines.

---

[5] Contrat à Durée Indéterminée.

C'est un essai, on verra ce que cela donne. Sachant cela, vous, Louis, que voulez-vous comme date ?

— Je ne sais pas. Je n'y ai pas réfléchi. Je n'ai pas besoin de prendre toutes mes vacances d'un coup, je peux prendre une semaine de temps en temps.

— Réfléchissez. Il n'y a pas d'urgence.

Pendant mes congés je m'ennuie, je suis seul. À part dessiner, il n'y a rien qui m'attire.

Trois ans que je travaille aux Délices de Jules et une certaine routine s'est installée. Je pense à Anna comme à un fantôme. Je suis allé quelquefois en boîte de nuit, mais n'ose pas danser par peur du ridicule. Lorsqu'il y a des slows, j'envie les couples. Le temps d'une danse, tenir une femme entre *ses* bras cela doit être merveilleux. Pendant une chanson, rêver à une vie à deux. À chaque fois j'en suis sorti plus triste.

C'est un doux après-midi du mois de mars, je suis en vacances à Toulon, car je voulais voir la mer. Assis sur le sable, je dessine.

— C'est très beau.

Je sursaute, car je n'avais pas entendu marcher. Je me retourne et vois une jeune femme.

— Merci.

Elle s'assoit à côté de moi.

— C'est bien, la mer, quand il n'y a personne. Je peux regarder vos autres croquis ?

— Tenez.

Elle les examine un à un et tombe sur le portrait d'Anna.

— C'est ta copine ?

— Non, juste une amie.

— Elle est très jolie. Tu peux faire mon portrait, même si je ne suis pas aussi jolie qu'elle.

— Vous êtes jolie également.

— Tu es gentil, alors c'est oui pour mon dessin ?

— C'est d'accord. Vous vous mettez là, comme ça il y aura la mer au fond.

— Je préfère que tu le fasses plus tard. Ça t'embête.

— Non, pas du tout.

— Tu habites ici ?

— Non, je suis en vacances. Je suis à l'hôtel.

— Je te paye un verre.

— D'accord.

Nous sommes installés à la terrasse d'un café. Je ne sais pas quoi dire, ne sachant pas draguer. Je n'ose pas trop la contempler.

— Tu fais quoi, quand tu n'es pas en vacances ?

— Je suis pâtissier à Millau. Tu connais ?

— La pâtisserie oui, mais pas Millau, dit-elle dans un éclat de rire.

— Et toi ?

— Je suis en première année à la fac en histoire. Cela me plaît.

Nous parlons peu, mais le silence n'est pas signe de gêne.

— On va à ton hôtel pour mon
portrait ?
— D'accord.

Elle farfouille dans son sac à dos, à la recherche
sans doute de son porte-monnaie. Je paie.

Nous marchons côte à côte. Mon cœur danse
dans ma poitrine. J'ai entendu à la radio des
histoires où l'amour naissait à la première
rencontre, au premier regard. Je me dis que
cela ne sera pas comme avec Anna, son
sourire est franc. C'est elle qui a proposé de
venir à l'hôtel, cela veut dire quelque chose.

Nous sommes dans ma chambre, je regrette
de ne pas avoir pris un hébergement plus
luxueux. Je fais son portrait, je peux
l'observer à loisir. De grands yeux noisette
dans un ovale parfait, encadré par de longs
cheveux bruns, une jolie petite bouche. Une
petite poitrine haute. Je sens le désir monter
en moi.

— Voilà, c'est fini.
— C'est magnifique. Tu me flattes, je
ne suis pas aussi jolie.

— Au contraire, le dessin ne peut rendre l'éclat de tes yeux, le velouté de ta peau, ton éblouissant sourire.

— C'est dommage que je ne sache pas dessiner, car tu es mignon.

Je me tourne, car je rougis.

— C'est gentil de me dire cela.

— Tu n'as rien à manger ici ?

— Non, il est interdit de manger dans la chambre. On va au restaurant.

— Je n'ai pas beaucoup d'argent sur moi.

— Je te l'offre.

Pendant le trajet, elle glisse son bras sous le mien. Je suis aux anges. Je me retiens pour ne pas crier, hurler mon bonheur. Ma vie commence aujourd'hui.

J'ai choisi un restaurant de poisson. Pendant le repas, elle me parle de sa famille, de son enfance. Moi, pour ne pas trop mentir, je lui dis que mes parents sont morts quand j'étais petit et que j'ai été placé à la DDASS, car ils n'avaient pas de famille. Au moment de payer, elle s'étonne que je ne fasse pas de chèque. Je lui dis que j'aime mieux le liquide, que je n'ai pas de compte en banque. Elle me répond que je suis un original, qu'elle aime cela.

Nous retournons à mon hôtel le plus naturellement du monde.

Elle sort de la douche, vêtue d'une petite culotte et d'une de mes chemises. Elle s'approche du lit. Je suis couché, j'ai une érection.

— Je suis vraiment désolée, mais j'ai mes règles. Il vaut mieux que je dorme sur le canapé.

Elle me dépose un petit baiser sur le nez.

— Tu peux quand même venir dans le lit. Je ne toucherai pas.

— Non, ce ne serait pas raisonnable. Je ne suis pas certaine que tu puisses tenir cette promesse.

Elle a sans doute raison. J'ai du mal à m'endormir. Je pense à son corps. Je me tourne et retourne dans le lit. Je finis par sombrer dans le sommeil.

Je rêve, nous sommes enlacés, nus sur la plage, la mer lèche nos pieds. Ça chatouille et elle rit, de ce rire clair et joyeux qui n'appartient qu'à elle. Je ris, car elle rit. « Dessine-moi, je suis la Joconde, tu es Léonard ».

Neuf heures pour moi c'est tard, je me lève habituellement vers sept heures. Le souvenir de mon songe me réjouit.

Je regarde en direction du canapé. Vide. Il n'y a personne. Mes yeux font le tour de la chambre. Personne. Je m'habille à la hâte et descends à la réception. Je la décris et demande si on l'a vue passer, si elle a laissé un message. L'hôtesse me dit qu'elle a pris son service à huit heures, qu'elle l'aurait remarquée si elle était sortie. Que le veilleur de nuit lui avait déclaré qu'il n'y avait eu aucun mouvement pendant sa nuit ! Je remonte à pas lourds. Sur la table de nuit, j'aperçois un bout de papier sur mon portefeuille. Il est vide. Sur la feuille, un seul mot : « désolée ». Je tire la valise qui est sous le lit, car dedans il y a mon billet de train et le reste de mon argent. Mon billet est au milieu de mes habits froissés.

Je frappe le lit avec mes poings et ma tête et crie.

— La salope ! Elle est pire qu'une pute. Anna, elle, ma mère, toutes des salopes ! Je les hais toutes !

Ce n'est pas mon argent qui m'importe. C'est l'humiliation qui me meurtrit, m'outrage, me brise. Elles m'ont rejeté, toutes. J'avais payé l'hôtel d'avance. En faisant ma valise, je trouve par terre près du canapé son portrait. Je le déchire en mille morceaux.

Je suis au travail à Millau. Raymond s'inquiète pour moi. Il a dit à la patronne que je n'ai pas la tête à ce que je fais. J'arrive à l'heure comme toujours et fais mon travail, mais mécaniquement, sans m'investir. C'est elle évidemment qui me tient ce discours dans son bureau.

— Louis, qu'est-ce qui se passe ?

— Rien, madame.

— Je ne veux pas me mêler de ta vie, mais le chef craint que tu aies un accident et cela me regarde.

— Je vous assure, tout va bien.

— Cela va tellement bien que, depuis que tu es rentré de vacances, tu ne déjeunes plus. Dominique peut me dire qu'il fait un régime, mais toi les kilos te feraient plutôt défaut.

Je sors du bureau en rage. De quoi elle s'occupe, celle-là ? Toutes des emmerdeuses.

Je repense souvent à ce qui s'est passé à Toulon. Mais maintenant c'est fini, je ne serai plus le pigeon qu'on peut plumer. Je songe à quitter cette boîte, puis l'instant d'après je me dis « à quoi bon ? ». Ailleurs, ce sera pareil.

J'ai vingt-cinq ans, un quart de siècle. Je suis seul. Je suis malheureux. La vie me pèse. Le travail ne me suffit plus, je ressens violemment un manque. Je connais la nature de ce manque et je sais que jamais je n'arriverai à le combler.

J'ai donné mon préavis aux Délices de Jules.

6

3 h 15.

J'ai déjà les yeux ouverts lorsque le réveil sonne. Je m'étire. La cafetière que j'ai programmée se met en marche. Mon café prêt, je me lève et m'habille. La veille, sur la table, j'ai déposé une petite cuillère et un couteau à droite de mon bol, à gauche deux pains aux raisins pris à la boulangerie. Je mastique lentement, « le temps c'est de l'argent » est une de mes expressions favorites. Je lave, essuie et range ma vaisselle. Je me brosse les dents.

3 h 50.

Je ferme la porte et entame la descente des quatre étages. Depuis le temps que j'habite là, je connais les marches qui craquent et les évite soigneusement. Je passe tel un fantôme. Je sors.

En ce début avril, il fait froid. Je longe, côté impair, la rue des Amandiers, quitte celle-ci pour le boulevard Raoul Destrat, gloire locale (ancien maire, ancien député), puis prends la rue de la Mairie. Je suis arrivé. Le trajet a duré dix minutes. J'entre dans la boulangerie A la Brioche dorée.

Je me change. Sur le marbre du laboratoire, comme tous les jours, mon patron a déposé la liste de travail. L'écriture est malhabile, cela me rappelle à chaque fois les conditions de mon embauche.

Le patron voulait faire de la crème au beurre, il était pressé. Il jeta un cube de beurre congelé dans le batteur, le beurre était trop dur, la machine forçait, le moteur risquait de griller. Il mit la main pour enlever un morceau de beurre. Le crochet du batteur lui broya la main. C'était début décembre, le patron qui avait repris la boulangerie sept mois auparavant ne pouvait se permettre de perdre la recette de Noël et du jour de l'an. L'annonce précisait « Très urgent ». Lorsque je téléphonais, la patronne me dit que l'entretien aurait lieu à l'hôpital. C'est très certainement pourquoi je fus le seul à me présenter. Sinon je suis sûr que je n'aurais pas été embauché. J'ai les cheveux longs et la barbe, ce qui est mal perçu dans mon métier. J'ai commencé le lendemain. Trois ans plus tard, j'y suis encore.

Ma pâtisserie a de suite plu. Le chiffre d'affaires a augmenté. Il y avait tellement de commandes pour le réveillon de Noël que la patronne a embauché un jeune pour m'aider. J'ai bossé quarante-huit heures d'affilée. Ensuite, jusqu'au quinze janvier, j'ai travaillé seize à dix-huit heures par jour. Je mangeais et dormais dans le laboratoire.

Quand le patron est sorti de l'hôpital, il m'a proposé un CDI. Je lui ai dit que je ne voulais pas être déclaré. Que s'il y avait, chose peu probable, un contrôle, je dirais que c'est moi qui l'avais exigé. Ce n'est pas d'être déclaré en soi qui m'embête, mais si je le suis cela implique d'avoir un compte en banque et tout ce qui s'ensuit. Cela le chagrinait, mais il a accepté.

Je travaille seul, sauf à Pâques et à Noël où un extra vient m'aider. Il y a une semaine, le patron m'a demandé si j'étais d'accord pour prendre un apprenti. Je lui ai répondu que cela m'était égal. Je sais bien ce qui le retient, je suis peu bavard et il craint que cela ne se passe pas bien entre l'apprenti et moi. Je n'ai pas mauvais caractère, mais je suis plutôt ours.

La boulangerie ferme tout le mois d'août. C'est une période de plus en plus difficile à supporter. La première année, je suis resté trois semaines dans ma piaule, sortant juste pour faire mes courses. La quatrième, je suis allé dans une petite ville distante de vingt kilomètres. Je ne dessine plus, alors je marche sans but. J'essaie de semer mes idées, mais elles sont dans ma tête. L'année dernière, je suis allé à l'autre bout de la France, mes mauvaises pensées aussi.

Le printemps se termine déjà, le mois d'août m'obsède. Pendant des heures entières, mon crâne me fait souffrir, un étau me broie le cerveau.

Pourquoi ai-je décidé d'aller dans une grande ville ? Peut-être que je croyais que ma solitude se noierait dans la multitude.

Cela fait trois jours que j'ai atterri à Montpellier. Le soleil, ivre d'atomes, irradie d'une chaleur accablante. Les terrasses des cafés sont bondées, je suis assis sur un banc tout près, guettant une place qui se libérerait. Un quart d'heure s'est écoulé et je suis toujours à la même place. Je me préparais à partir quand un couple dont l'homme porte une guitare s'arrête devant le troquet. Il accorde rapidement son instrument, puis joue un air que j'ai entendu à la radio. La femme, sa compagne ?, chante. Je ne comprends pas les paroles, car c'est en anglais. Il enchaîne avec *Supplique pour être enterré à la plage de Sète, Les amoureux des bancs publics,* de Georges Brassens. Une autre en anglais, *Suzanne,* de Léonard Cohen. Les applaudissements après chaque chanson sont maigres. Ils intervertissent les rôles, la femme joue de la guitare et l'homme chante. Je ne connais ni la musique ni les paroles, mais ce que j'en ai compris me remue les tripes. La femme passe au milieu des clients, un chapeau à la main. Moi, de mon banc, j'applaudis à m'en rougir les mains. L'homme se dirige vers moi. Je lui tends un billet de vingt euros.

— Merci.

— J'ai beaucoup aimé, vous avez du talent tous les deux. Il y a longtemps que vous vous produisez ?

— Trois ans, on a un CD, vous voulez l'acheter ?

— Volontiers. Les deux dernières chansons, elles sont sur le CD ? Je ne les connais pas, mais cela m'a fait quelque chose.

— Non. C'est la première fois que nous les interprétons.

— C'est combien ?

— Douze euros.

— Voici.

— Vous avez déjà donné vingt euros.

— Gardez tout.

La femme qui nous a rejoints et entendu une partie de la conversation me tend deux feuilles.

— Ce sont les paroles des poèmes que vous aimez.

Je les ai encore et les connais par cœur à force de les lire. Je les recopie.

Voici des fruits, des fleurs…

Et voici des fruits, des fleurs, des feuilles et des branches
Et puis voici mon cœur qui ne bat que pour vous
Ne le déchirez pas avec vos deux mains blanches
Et qu'à vos yeux si beaux l'humble présent soit doux

J'arrive tout couvert encore de rosée
Que le vent du matin vient glacer à mon front
Souffrez que ma fatigue à vos pieds reposée
Rêve des chers instants qui la délasseront
Sur votre jeune sein laissez rouler ma tête
Toute sonore encor de vos derniers baisers
Laissez-la s'apaiser de la bonne tempête
Et que je dorme un peu puisque vous reposez
Voici des fruits, des fleurs, des feuilles et des branches
Et puis voici mon cœur qui ne bat que pour vous
Ne le déchirez pas avec vos deux mains blanches
Et qu'à vos yeux si beaux l'humble présent
Soit si doux

Paul Verlaine.

Mon rêve familier
Paul Verlaine

Je fais souvent ce rêve étrange et pénétrant
D'une femme inconnue, et que j'aime, et qui m'aime,
Et qui n'est, chaque fois, ni tout à fait la même
Ni tout à fait une autre, et m'aime et me comprend.

Car elle me comprend, et mon cœur transparent
Pour elle seule, hélas ! cesse d'être un problème
Pour elle seule, et les moiteurs de mon front blême,
Elle seule les sait rafraîchir, en pleurant.

Est-elle brune, blonde ou rousse ? Je l'ignore.
Son nom ? Je me souviens qu'il est doux et sonore,
comme ceux des aimés que la vie exila.

Son regard est pareil au regard des statues,
Et, pour sa voix, lointaine, et calme, et grave, elle a
l'inflexion des voix chères qui se sont tues.

Paul Verlaine, *Poèmes saturniens*

Je reste là sur mon banc à lire et relire ces
poèmes.

Un soir, je suis au restaurant. Il est tôt, il n'y a
qu'un homme qui converse avec le patron. J'ai
déjà fini mon repas, mais reste là pour tromper
mon ennui. Arrive une très jolie jeune femme.
Elle salue l'habitué et fait une bise au patron.

— Tu es toute seule ?

— Oui, Gilles a un entraînement de foot, il dormira chez son père. Il sera là demain pour mon anniversaire.

— Tu sais Céline, j'étais ici il y a vingt ans le jour de ta naissance. Je discutais avec ton père, ta mère est entrée en disant « j'ai perdu les eaux, il faut aller à l'hôpital ».

— Tous les ans, à mon anniversaire, il me raconte cette histoire.

— Papa, je vais chez Sylvie.

— Bonne soirée.

Je sors et la suis.

Pourquoi ? Je n'en sais rien. J'observe toujours les jeunes femmes, mais ne les suis plus depuis longtemps. Pourquoi elle ? Pourquoi ce soir en particulier ? Mystère.

Il n'y a personne dans ces petites rues.

Je ne la désire pas. J'ai envie de lui faire mal. De lui arracher les cheveux, de la frapper, de l'entendre crier, hurler. Je serre les poings. Je secoue la tête pour chasser ces images. Elle s'arrête, sonne et entre dans un immeuble.

Je me tiens immobile sur le trottoir. Combien de temps ? Je l'ignore. J'ai un trou, un blanc. Je me réveille tout habillé dans mon lit à six heures du matin.

Au petit déjeuner, je lis attentivement les faits divers. Des accidents, des bagarres, mais pas d'agression, de meurtre. Je suis rassuré.

Pendant plusieurs jours je ne sors pas la nuit. Je marche toute la journée jusqu'à épuisement.

Je ne suis pas bien, j'ai de la fièvre. Peut-être une insolation, je n'ai pas acheté de casquette.

Je suis à la terrasse d'un café place de la Comédie[6] un après-midi. Les femmes passent légèrement vêtues, exhibant leurs corps qui appellent des caresses. Elles me dégoûtent. Je quitte précipitamment ma table et me dirige vers mon hôtel. Soudain il me semble apercevoir Anna. Je reste là, figé sur le trottoir.

Ma stupeur passée, je m'élance dans la direction prise par la jeune femme. Pas d'Anna. Ai-je rêvé ?

---

[6] Place principale de Montpellier.

Deux heures du matin, je me tourne et retourne dans le lit depuis des heures. De plus en plus le sommeil me fuit. La journée, la nuit je souffre. Ce n'est pas physique. C'est dans ma tête. Je mange de moins en moins.

Je quitte Montpellier. Je prends un bus et descends au terminus. J'ignore le nom du village où je suis. Je tombe sur un hôtel minable. Le patron ne m'a accepté qu'à la vue de mes billets de banque. Je reste cloîtré deux jours. Le taulier frappe à ma porte, ce n'est pas de ma santé qu'il se préoccupe, mais des ennuis qu'il aura si on me trouve mort ici. Sans doute pense-t-il que je suis un drogué. Il me dit que je dois libérer la chambre pour après-demain, car elle est réservée. Je n'en crois pas un mot.

Avant de partir, je me lave. Combien de jours sans me laver, quatre, cinq peut-être ! Je fais une lessive dans une laverie automatique. Je suis propre et correctement vêtu. J'achète des croissants et des brioches et me goinfre.

Je marche. Il fait chaud, très chaud. Une voiture occupée par un couple de trentenaires s'arrête. Ils me demandent où je vais. Je leur réponds

« Marseillan », car pendant ma marche j'ai vu un panneau indicateur mentionnant cette ville. Ils me proposent de monter. J'accepte. Nous parlons de la chaleur, de la mer, des vacances. Heureusement, ils ne m'interrogent pas sur ce que fais, où j'habite, cela m'évite de mentir.

Ils me déposent en fin d'après-midi. Ce sont les vacances, les hôtels où je me présente sont complets.

Je mange au restaurant et questionne le serveur.

— Où puis-je trouver un hôtel pour cette nuit ?

Le garçon me considère et dit.

À part l'hôtel des Lys, vous ne trouverez rien. Mais c'est cher et je ne crois pas qu'il vous accepte. C'est plutôt le genre costume-cravate, si vous voyez ce que je veux dire.

— Je vois très bien. Merci.

Je paie l'addition et tends un billet de cinquante euros comme pourboire au serveur.

Personne ne se doute que dans mon sac je possède cent vingt mille euros. J'ai toujours travaillé, peu dépensé. Je n'ai pas de voiture, je n'ai jamais acheté de meubles.

Il est tard quand j'arrive à l'hôtel des Lys. Comme je m'y attendais, le veilleur de nuit est réticent. Je lui raconte que ma voiture est tombée en panne, que le garagiste m'a affirmé qu'elle serait réparée pour midi. Que je dois être à Lyon le lendemain soir !

Je pose deux cents euros devant lui, que je tire d'une épaisse liasse.

— « Le reste sera pour vous ».

Magie de l'argent. C'est avec plaisir que l'on m'accueille.

La chambre est spacieuse. Je me douche et me couche. Impossible de fermer l'œil j'ai peur de faire ce cauchemar qui me poursuit depuis plusieurs nuits :

Je suis caché dans une pièce fermée, je sais que je dois me dissimuler, mais j'ignore pourquoi. Je reste des heures ainsi, puis soudain une pluie de sang se déverse uniquement sur moi. L'hémoglobine remplit la salle, je ne me débats pas, le niveau monte jusqu'à mon cou. Cela dure des heures, puis soudain je me dissous dans le sang.

Je me rhabille et sors. Le veilleur me fait un petit signe.

J'erre au hasard des rues. Les restaurants sont fermés, je croise quelques groupes de jeunes. Depuis combien de temps je marche ? Je ne saurais le dire.

J'arrive à une petite place. J'entends des voix, des rires. Caché derrière un arbre, j'observe les quatre jeunes gens assis sur un banc. Il y a un garçon et trois filles d'à peine vingt ans. Je les envie. Pourquoi n'ai-je pas connu de soirées comme eux ? Rire et discuter avec gens de mon âge. Pourquoi ai-je été rejeté par tous ? Ma mère, Anna, la Toulonnaise et tous celles et ceux qui m'ont croisé et ignoré.

Une colère s'empare de moi.

Des cris. Une dispute éclate entre les quatre jeunes. Des insultes fusent. Une des femmes s'en va sous les quolibets des autres. Elle passe devant moi sans me voir.

Je la suis. Soudain, elle s'arrête, fait demi-tour et m'interpelle.

— Qu'est-ce que tu as à me suivre, connard ?

Je m'approche et lui tends un billet de cinquante euros.

— Je ne suis pas une pute. Barre-toi, abruti !

Il est trois heures quand je rentre à mon hôtel. Je me jette tout habillé sur mon lit et m'endors de suite. Je n'ai pas cauchemardé de la nuit. Je me lève, les yeux cernés et rougis. Je suis en colère contre moi, contre le monde entier.

Je pars. En face, je remarque une boulangerie. Je m'approche pour examiner la vitrine. Il y a une personne qui est à la rue et qui fait la manche. Je lui donne trois billets de vingt euros. Dans son regard, je vois de la pitié. Je m'enfuis.

7

Août est fini. J'ai repris le travail.

Le patron me parle de ce crime horrible. Une jeune femme de dix-neuf ans étranglée à Marseillan.

— Comme ça, sans raison, elle n'a pas été violée ni volée. Gratuitement, pour le plaisir. Ce monstre, on devrait lui couper la tête.

J'acquiesce.

Décembre est là. C'est mon dernier. Le trente et un je me suiciderai. Ne croyez pas que c'est dû au remords. Non, même sans ce crime cela se serait terminé ainsi. Pourquoi je l'ai tuée ? je n'en sais rien. Pas à cause des insultes, c'est sûr. Par jalousie ? De la voir si vivante. Et moi, même pas né, à presque trente ans. Je n'ai pas vécu.

C'est ma vie qui m'est devenue insupportable.

Dix décembre. Voilà, j'ai fini d'écrire ma pauvre vie, ma triste vie, mon inutile vie. Je sais que cela n'intéressera personne.

J'ai apporté le livre de ma vie à un imprimeur et demandé une centaine d'exemplaires.

Vingt-huit décembre. J'ai envoyé mon livre à des journaux, des maisons d'édition, à des personnalités, des anonymes.

Trente et un décembre, vingt-trois heures cinquante-huit. Ma chambre est nettoyée, rangée. Sur mon lit, par liasses de dix billets, toute ma fortune, cent-cinquante-mille euros environ, et dessus une feuille sur laquelle j'ai écrit :

Je n'ai pas vécu, mais j'ai existé.

Je suis debout sur un tabouret, une corde autour du cou. La grande aiguille de l'horloge avance tranquillement. La lune me regarde.

À minuit le tabouret se renversera.

Marie

1

Caroline, de la terrasse, regarde les enfants jouer à cache-cache dans le jardin. Elle sourit.

- Les enfants, il est temps de rentrer !

- Maman, on ne peut pas jouer encore un peu ?

- Non, ma chérie. Les parents de tes copains vont bientôt arriver. Vous n'avez pas encore mangé le gâteau.

Sa fille Marie a invité sept camarades de sa classe, quatre filles et trois garçons. Les enfants s'installent autour de la table, au milieu de laquelle trônent deux magnifiques pâtisseries. L'une au chocolat, l'autre aux framboises.

Marie inspire un grand coup, puis souffle sur ses six bougies pendant que ses copains chantent « joyeux anniversaire ». Six ans, c'est important, c'est l'année de la grande école.

Ils sont très bons, ces gâteaux₋ ! dit Céline, les autres enfants approuvent. Les enfants se lavent les mains. Caroline met une vidéo avec des dessins animés en attendant l'arrivée des parents. Ceux-ci viennent récupérer leur progéniture, petit à petit la maison se vide.

Caroline commence à débarrasser et ranger. Tous ces cadeaux, c'est trop, pense-t-elle. Enfant, elle ne fêtait pas son anniversaire avec des camarades de classe, uniquement avec sa famille. Elle n'avait qu'un cadeau, sa famille n'était pas riche. Ce n'était pas la misère non plus, mais il fallait faire attention à toutes les dépenses.

Son père rentre du travail, Marie se précipite à sa rencontre.

- Alors, ma puce, c'était bien ton anniversaire ?

- Oui, j'ai eu plein de cadeaux. On s'est bien amusés. Je t'ai gardé une part de la tarte aux framboises.

- Tu es très gentille, ma belle.

- Tu me lis le livre de Céline, sa maman dit que je suis encore trop petite pour le lire toute seule.

- Apporte-le. *Fantastique Maître Renard*. Je te le lirai ce soir au moment du coucher.

- Un petit peu maintenant, papa.

- Bon, quelques pages, après à table puis le bain
et dodo.

Marie s'installe sur les genoux de son père. Il lui
explique les mots difficiles comme *mesquins,
grigous, étriper*. Marie est captivée par l'histoire.

C'est une fillette gaie, vive et intelligente.

Le dimanche après le repas, ses grands-parents
paternels lui offrent un nouveau vélo. Marie
l'essaie, sa grand-mère la suit des yeux en
pensant : comment les jeunes enfants vivent-ils le
temps ? Marie va à l'école, rit, chante, joue et lit.
Mais que pense-t-elle ? Que comprend-elle ?
Gamine, le monde des adultes me paraissait
étrange, compliqué. Moi, jeune, je trouvais que
le temps était long, immobile, maintenant je
trouve qu'il file à toute vitesse.

Marie voit peu sa mamie Carole, pourtant elle
l'aime bien.

Au début qu'elle allait au cours de danse classique, sa mère et sa mamie l'amenaient. Quand plus tard Marie lui a demandé pourquoi elle ne venait plus, sa grand-mère lui a répondu qu'elle n'avait plus le temps. La petite fille a perçu le voile de tristesse qui recouvrait sa voix.

Les jours se déroulent parfois rapides comme des torrents, parfois lents comme une rivière paresseuse.

Marie est souvent invitée par ses camarades de classe dont les parents louent sa gentillesse, sa sociabilité.

Les anniversaires se succèdent avec des camarades différents, mais Céline est toujours invitée. Les deux fillettes sont toujours les deux premières de la classe. Toutes deux sont de grandes lectrices. Caroline les voit souvent l'une contre l'autre, un livre devant les yeux.

La mère de Marie apprécie beaucoup Céline, mais songe parfois que c'est regrettable que Marie soit fille unique.

C'est le spectacle de fin d'année du CM2, une pièce de théâtre, Céline et Marie ont les rôles les plus importants. Les parents des deux fillettes les filment avec leurs portables.

- Marie, tu as été formidable ! dit Caroline en l'embrassant.

- Plus que formidable, merveilleuse, féerique, renchérit son père.

C'est la première fois que Marie va passer une semaine de vacances avec Céline.

Son père ne lui lit plus d'histoires le soir, mais c'est toujours lui qui vérifie ses devoirs et à qui Marie demande conseil ou explication.

Caroline ne dit rien, mais cela la blesse, elle se sent exclue. Bien sûr son mari a fait de longues études, six ans pour médecine, puis encore six ans pour être chirurgien. Elle, elle n'a pas passé son bac, cette année-là elle accouchait de sa fille.

C'est la rentrée au collège. C'est la première fois depuis la maternelle que les deux amies ne sont pas dans la même classe. Au début de l'année 2012, les parents de Marie déménagent de la ville de M pour aller habiter dans le village de S. Ils ont fait construire une grande villa, son père ayant changé de travail.

Pour les deux jeunes filles le collège n'est pas un problème. Elles ont de bonnes notes. Céline, plus sociable, plus extravertie, copine facilement. Marie est plus réservée, mais elle est bien intégrée.

Les deux jeunes filles se sont inscrites à la médiathèque de la ville de M, car il y a plus de livres. C'était pour les bibliothécaires un spectacle insolite de voir ces deux gamines se diriger au rayon adulte et prendre hardiment *Jude* de Thomas Hardy, *l'Insoutenable légèreté de l'Etre* de Milan Kundera, *Travail soigné* de Pierre Lemaitre, et tant d'autres, des romans policiers et de science-fiction.

Comme chaque matin quand elle a école, c'est le réveil qui lui fait ouvrir les yeux. Il n'y a aucun bruit dans la maison. Elle reste là, immobile. Des pas dans le couloir, sa mère se lève. Je dois y aller, se dit-elle. Elle se lave, s'habille et descend à la cuisine. Sa mère, en peignoir, a déjà préparé son chocolat chaud et sa tartine de confiture. Son repas se passe en silence. Son père entre dans la cuisine.

- Bonjour les filles !

- Bonjour ! répondent la mère et la fille.

La mère fait le café, le père regarde son téléphone. Marie se lève, prend son cartable et sort. L'arrêt de bus est à moins de trois minutes de chez elle. Lorsqu'elle y arrive, il y a Anaïs, magnifique jeune fille de quinze ans, la mignonne Jennifer et Julien, écouteurs sur les oreilles, les yeux rivés sur l'écran de son téléphone. En guise de bonjour, les deux jeunes filles gloussent et leurs doigts s'agitent frénétiquement sur le clavier de leurs portables. Sur le trajet du bus scolaire, c'est le deuxième arrêt. Son père, conseiller municipal, leur a relaté lors des repas la bataille pour obtenir ce passage. Victoire à laquelle il n'était pas étranger évidemment. Du village S à la ville M, il y a une douzaine de kilomètres.

Les quatre jeunes montent dans le bus, Anaïs, Jennifer, Julien puis, en retrait, Marie.

- Vlà la grosse ! lance un des passagers.

- La grosse truie aux yeux porcins, ajoute Kévin.

Les autres rient.

La grosse truie aux yeux porcins, elle le doit indirectement à sa prof de français. Elle avait lu un texte décrivant un visage avec l'expression « yeux porcins » et demandé qui pouvait expliquer ces mots.

Personne n'a répondu, Marie savait, mais lorsqu'elle est rentrée dans ce nouveau collège l'année dernière elle s'est promis de ne jamais intervenir en classe. Les insultes passées, elle s'assoit seule au fond du car. Les autres reprennent leurs conversations, leurs rires. C'est ainsi à chaque trajet.

Pour la première fois Marie sent une bouffée de haine qui monte en elle. Ils me le paieront tous, surtout ce con de Kévin, se dit-elle.

Sa journée commence par un cours de math. Le collège est à la fois sa prison et son paradis. Ce n'est pas le pire, loin de là. Aujourd'hui elle quitte à quinze heures, il n'y a pas de bus avant seize heures quinze pour rentrer chez elle. Les autres collégiens vont en groupes ou en duo au square en face de l'établissement. Marie se réfugie au Champi, un café éloigné. Il arrive que le serveur ne prenne pas sa commande. Une limonade l'été, un chocolat chaud l'hiver, jamais de pourboire, toujours de la menue monnaie, ce n'est pas cela qui peut le motiver.

Au retour, c'est comme à l'aller, moqueries, quolibets puis mépris. Il n'y a personne à la maison. Tous les mardis à seize heures sa mère va chez l'esthéticienne. Soin du visage, du corps, ongles manucurés. Sa mère est une jolie femme, très jolie même.

Elle se fait un solide goûter, une barre de chocolat, une demi-douzaine de madeleines, un yaourt et un jus d'orange. Elle commence ses devoirs, Marie ne veut pas rendre des copies qui lui vaudront des remarques.

Elle s'arrange toujours pour avoir une note juste au-dessus de la moyenne. Elle vient à peine de terminer quand sa mère arrive.

- Tu as passé une bonne journée ?

- Oui, ça va.

- Tu as goûté ?

- Oui.

- Tu as fait attention, je sais que c'est dur, mais il le faut, c'est pour ton bien. Tu le sais.

- Mais oui.

- Ton père ne sera pas là ce week-end. Si tu veux inviter des amis.

- Je verrai. Merci.

Dans sa chambre, Marie écoute de la musique classique, à l'âge six ans ses parents l'avaient inscrite à une école de danse classique. Cela lui avait beaucoup plu. Elle avait été obligée d'arrêter quand elle s'est mise à grossir. De sa fenêtre elle voit son père qui rentre, elle regarde sa montre, il est vingt heures. Un quart d'heure plus tard, sa mère l'appelle pour passer à table.

- Le collège, ça va ?

- Comme d'habitude.

Pendant le repas, le père raconte sa journée à la clinique. Le monologue est surtout destiné à sa femme.

Le mercredi ses cours se terminent à midi, elle a envoyé un texto à sa mère, la prévenant qu'elle mangeait chez Céline et rentrerait par le bus de ville de dix-sept heures. Lorsqu'elles étaient à l'école primaire et les deux premières années de collège, les deux fillettes étaient très liées, s'invitant à leur anniversaire et à dormir l'une chez l'autre. Après la cinquième les parents de Marie l'ont mise dans le privé. Ils disaient que la baisse de sa moyenne était due à de mauvais professeurs et à un environnement défavorable. Céline est restée dans le public, mais ce n'est pas cela qui a altéré leur relation.

Maintenant, Marie fête le jour de sa naissance uniquement avec Céline, elle décline toute invitation et se contente d'un coup de fil pour celui de son amie. Elle lui apporte son cadeau plus tard.

Elle a envoyé un texto à Céline lui disant « je suis chez toi », celle-ci lui a répondu « OK » avec un pouce levé. Elle va chez sa mamie Carole. Elle fait confiance à son amie, dans le cas peu probable où sa mère appellerait, pour trouver une excuse et la prévenir. Elle s'y rend à pied, ce n'est pas très loin du collège.

- Bonjour ! Mamie, comment ça va ?

- Ça va, même si ce temps gris me rend cafardeuse. Caroline sait que tu es là ?

- Non, j'ai dit à maman que j'allais chez Céline.

- Ce n'est pas ce que tu manges ici qui te fait grossir, même si ce n'est pas du bio.

- Je sais, mamie, ne t'en fais pas.

- C'est quand même terrible que ma fille m'empêche d'inviter ma petite fille.

- C'est surtout mon père.

- Oui, je ne devrais pas dire ça de ma fille, mais Caroline n'a jamais eu de caractère, de personnalité.

- Tu sais, mamie, sans le vouloir j'ai entendu mon père dire à ma mère qu'il voulait qu'elle avorte.

- Ils se disputaient ?

- Non, pas vraiment.

- Tu es encore jeune, mais tu es intelligente, dégourdie, tu comprendras. Caroline était très jeune, même pas dix-huit ans, quand elle est tombée enceinte. Ta mère est très jolie, petite on l'appelait « poupée Barbie ». C'est une rêveuse, qui croyait au prince charmant. Ton père n'a pas eu de mal à la séduire, c'est vrai qu'il est séduisant et enjôleur, ton père, il était à l'époque en quatrième année de médecine. Plus âgé et plus mature qu'elle. Moi, je trouvais que Christophe était, comment dire, non pas arrogant, ni fier, mais suffisant, oui c'est le mot. Ton père et moi on ne s'est jamais appréciés. Christophe l'éblouissait comme le soleil d'été. Il trouvait, à juste titre, qu'ils étaient trop jeunes pour être parents. Caroline tardait à se décider, volontairement ou pas, je ne saurais le dire. Les parents de ton père étaient contre l'avortement et le délai était passé.

- Je n'étais pas désirée.

- Ne dis pas ça. Tu sais, nombre d'enfants arrivent comme ça, sans préméditation. Tu sais, les parents ne savent pas vraiment pourquoi ils font des enfants. Maintenant, avec les moyens de contraception, on peut mieux contrôler les naissances. Un oubli de pilule cela arrive et l'avortement ce n'est pas évident. C'est drôle, je parle plus facilement de ces choses-là avec ma petite fille qu'avec ma fille.

Dans le village il y avait un vieux monsieur qu'on appelait l'idiot. Il se promenait toute la journée, un livre à la main. Il ne savait ni lire ni écrire. Il parlait tout seul en tenant des propos incohérents. Un dimanche, alors qu'elle jouait avec Céline, Marie a entendu l'une des deux femmes qui sortaient de la messe dire, lorsqu'elles ont croisé l'idiot :

- C'est un avortement qui a mal tourné.

- Le Bon Dieu a bien puni la mère, a ajouté l'autre femme.

Marie, qui avait huit ans, regarde dans le dictionnaire le sens du mot « avortement », mais elle ne comprend pas. Le soir, au moment du repas, elle demande la signification de ce mot. Ses parents sont comme foudroyés, puis son père crie :

- Marie, va te coucher ! dit son père en colère.

Elle comprend maintenant la réaction de ses parents.

Caroline ne rend plus visite à sa mère, qui pourtant habite la même ville, Marie se demande si c'est son père qui le lui déconseille ou qui le lui interdit. Est-ce dû à un conflit entre les deux femmes ? Elle se sent plus proche de sa grand-mère que de sa mère. Être obligée de mentir pour voir sa mamie la révolte.

C'est un bus de ville, il n'y a pas de collégiens à cette heure-ci. Elle s'assoit au fond du bus comme d'habitude et lit *Les noces barbares* de Yann Quéffelec. À l'arrêt suivant, un homme d'une trentaine d'années monte et se place juste à côté d'elle. Marie est mal à l'aise.

- Vos parents vous laissent lire ce genre de livre ?

- C'est un prix Goncourt.

- Certes. Mais pas adapté pour une jeune fille. C'est violent.

- La vie l'est aussi.

L'homme la regarde, hoche la tête. Il sort un livre *Le mystère de la charité de Jeanne d'Arc* de Charles Péguy.

- Ça, c'est de la littérature, dit-il en montrant la couverture, puis se plonge dedans.

Marie perçoit le sous-entendu. Une fille de quatorze ans ne peut dire à un trentenaire « tu me fais chier », même si elle le pense. Alors elle reprend sa lecture. Quand l'homme descend un arrêt avant le sien, elle pousse un ouf de soulagement.

Sa mère lui demande comment va Céline et s'étonne qu'elle ne l'ait pas invitée à passer le week-end ici. C'est ta meilleure amie, lui fait-elle remarquer. Marie pense : ce n'est pas que ma meilleure amie, c'est ma seule amie. Elle n'a pas besoin des conseils de sa mère pour proposer à Céline de venir. Elle n'a jamais menti à sa copine et veut qu'il en soit toujours ainsi. Ne risque-t-elle pas involontairement de poser des questions qui obligeraient Marie à dévoiler l'horrible secret qui la ronge ?

C'est en se brossant les dents que cela s'est imposé comme une évidence. L'amitié de Céline lui est précieuse. Devant l'insistance de sa mère, elle avait demandé à son amie de venir passer le week-end, non sans une certaine appréhension. Sa copine était arrivée vendredi soir en voiture conduite par son père. Celui-ci avait sifflé d'étonnement, puis ajouté « sacrée baraque ». Céline évidemment connaissait bien la maison, elle était venue de nombreuses fois. Certes elle est imposante, mais elle trouve que la demeure ressemble trop à celles que l'on voit dans les magazines chez le dentiste ou le médecin. Elle ne voudrait pas y habiter.

Marie a supprimé son compte Facebook, lire les insultes et les menaces l'effraie. Céline ne lui a pas caché que Kevin et ses copains continuaient à se moquer d'elle sur Facebook. Elle n'a pas osé lui dire que, dans son dernier message, il avait écrit que Marie était une vache bien grasse, bonne pour l'abattoir.

Les deux filles se sont raconté leur vie au collège. Céline a toujours d'aussi bonnes notes, une moyenne de seize et demi. Elle lui a dit : c'est important que tu aies entre douze et treize de moyenne, tu ne dois pas redoubler.

Son amie ne se sent pas capable de lire *les Noces barbares*, les récits de viols la mettent mal à l'aise et lui font peur.

Marie sent qu'il y a quelque chose d'autre que de l'amitié dans ce qu'elle éprouve envers son amie. Elle est sûre que c'est réciproque, même si elle ignore ce que c'est réellement. Elles ont le même âge, mais Céline lui fait souvent l'impression d'être la grande sœur.

La mère de Marie l'avait prévenue que dimanche elle se lèverait tôt et rentrerait vers treize heures. Elle n'a pas dit où elle allait et sa fille ne l'a pas questionnée. Marie profite de l'absence de sa mère pour avaler un copieux petit déjeuner. Ensuite les deux jeunes filles sortent se promener dans le village.

- Samedi dernier, je suis allée chez Julien, il me drague. Il est plus âgé que moi. Il m'a fait écouter Léo Ferré, je ne connaissais pas. Il y a une chanson qui m'a touchée, tu vas voir, je te récite le début :

Les gens
Il conviendrait de ne les connaître que disponibles
À certaines heures pâles de la nuit
Près d'une machine à sous
Avec des problèmes d'hommes, simplement
Des problèmes de mélancolie
Alors, on boit un verre
En regardant loin derrière la glace du comptoir
Et l'on se dit qu'il est bien tard
Nous avons eu nos nuits comme ça moi et moi
Accoudés à ce bar devant la bière allemande
Quand je nous y revois, des fois je me demande
Si les copains de ces temps-là vivaient parfois.

Richard de Léo Ferré.

- Il faut l'entendre en entier et plusieurs fois, ça parle d'amitié et de solitude je la trouve très triste et très belle, surtout chantée par Léo ferré. Écoute-la, tu me diras ce que tu en penses.

- Il te plaît, Julien ?

- Il est mignon et sympa, mais je veux juste être son amie, pas sa petite copine. On est trop jeunes pour sortir avec un garçon, tu ne crois pas ?

- Si, tu as raison.

Il y a peu de monde au petit village de S, il est vrai qu'il n'y a pas d'animation. Le temps est doux en ce début d'octobre, il y a encore des fleurs dans certains jardins. Lorsqu'elles rentrent, la mère de Marie est là.

- Vous voulez manger, les filles ?

- Non, pas maintenant, on s'est levées tard.

- Tu sais que tu dois faire des repas équilibrés et ne pas grignoter.

- Je sais.

Elles passent l'après-midi dans la chambre de Marie à discuter et à écouter de la musique.

Lundi matin, le bus scolaire, avec comme d'habitude les insultes, les moqueries. Marie ne répond jamais. Ce n'est pas de l'indifférence, les mots lui font mal. Ne pas pleurer, cacher sa souffrance.

À la cantine le midi, elle mange près de la table réservée aux professeurs. À la rentrée, elle prenait ses repas avec les autres collégiens, mais de trop nombreux incidents ont obligé l'administration à réagir. Son père est un notable, conseiller municipal et surtout un chirurgien de renom, une plainte de sa part serait une déplorable publicité.

Le premier cours de l'après-midi est le cours d'éducation physique et sportive (EPS). Un véritable supplice pour Marie. Comme toutes les semaines, elle prend ses affaires d'EPS de son casier et va au vestiaire des filles se changer. C'est devenu un rituel, une fille se met à côté d'elle et déclame « *miroir, mon beau miroir, dis-moi qui est la plus belle* ». Cela fait rire les autres.

Marie pousse un hurlement, dans son sac de sport une souris morte. La professeure la dispense de cours et lui dit d'aller à l'infirmerie. Là, on lui prend la tension et on lui donne un cachet.

La secrétaire du Principal l'assure qu'une enquête sera faite et le coupable puni. Elle lui fait un long discours pour expliquer qu'il est important que cet incident ne sorte pas du collège.

Marie manque volontairement le bus scolaire, elle téléphone à sa mère pour la prévenir qu'elle entrera plus tard avec le bus de ville.

Le garçon, un de la bande de Kevin, est venu spontanément à la fin des cours dire qu'il était coupable d'avoir mis la souris dans ses affaires. Il passe quelques jours plus tard en conseil de discipline et s'en sort avec un blâme. Le conseil estime qu'il s'agit là d'une plaisanterie, certes pas très maligne, mais sans méchanceté. Marie comprend qu'elle n'aura aucune aide de la part de ces adultes qui ne pensent qu'à préserver leur respectabilité de façade.

Ce mois-ci elle a encore grossi. Pas énormément, cinq cents grammes, mais elle franchit la barre des soixante- cinq kilos. Céline pèse douze kilos de moins et mesure deux centimètres de plus.

D'habitude sa mère ne fait aucun commentaire, mais ce soir elle dit à son mari ;

- Christophe, il faut faire quelque chose. Il doit y avoir un problème d'hormone ou de métabolisme. Tu es médecin quand même !

- Je vais faire tous les examens possibles, mais je doute que cela serve à quelque chose.

Les jours se suivent sans états d'âme. Les insultes, les moqueries, les vexations s'ancrent de plus en plus dans la chair, dans le cœur de Marie. Heureusement, dans cet océan de douleur, il y a eu ces quelques îlots de tendresse. Elle est allée à trois reprises passer le week-end chez Céline, son père étant à la maison. Marie passerait volontiers plus de temps avec son amie, mais la peur d'être de trop l'en empêche. Il y a aussi ce secret qu'elle ne peut pas dire.

Céline lui a demandé de venir passer une après-midi chez son amie Christine pendant les vacances de Noël. Marie dans un premier temps avait refusé, mais son amie a su la persuader. Elles iront chez Christine le 28 décembre.

Bientôt Noël, fête des enfants. Quand elle était petite, Marie dormait le soir du réveillon chez sa grand-mère maternelle puis restait tout le lendemain. Le jour de Noël ses parents venaient pour le repas de midi. Il y avait ses oncles, leurs femmes et leurs enfants. Elle aimait cette atmosphère de joie, d'amitié qu'elle ressentait à

ces moments-là. Un souvenir la fait sourire ; elle avait sept ans, Guillaume son cousin, qui en avait onze, lui avait dit, tout excité « on va faire bombance ». Elle avait aimé le mot
« bombance ».

 C'était avant l'histoire de la star. La star, c'est elle qui l'appelle ainsi, en réalité c'était une chanteuse qui avait gagné un concours de chant à la télé. Elle avait fait la première partie du spectacle, en repartant sa voiture conduite par un ami a heurté un platane.

La personne qui est arrivée la première sur les lieux a pris une photo du visage ensanglanté de la chanteuse. Il l'a revendue à un magazine people qui l'a publiée. Le père de Marie était de garde ce soir-là, il l'opéra. Lorsqu'elle sortit de l'hôpital, elle donna une interview dans ce même hebdomadaire et déclara que le chirurgien aux doigts d'or qui lui avait rendu son visage lui avait sauvé la vie. Peu de temps après, le père de Marie était embauché par un groupe privé et dirigeait une clinique.

Maintenant ses parents ne viennent plus le jour de Noël. Ils vont au restaurant et Marie passe après le repas pour son cadeau.

Connaît-on la nostalgie quand on a quatorze ans ? Le passé est si présent, mais perdu.

Le 28 décembre, elle se rend avec Céline chez Christine. C'est le père de son amie qui les amène. Il a mis un CD [7] de chanson de Noël qu'il accompagne de la voix. Il les dépose devant le portail et dit qu'il est pressé, que Céline salue les parents de Christine de sa part. C'est la mère de celle-ci qui leur ouvre la porte, une femme plutôt petite et ronde. Le père de Christine leur souhaite la bienvenue.

Tandis que Céline et son amie se font la bise, Marie est stupéfaite, au bord de la panique. Christine est plus que mince, maigre.

Elle est tout en noir, de grosses chaussures, des collants résille, une mini-jupe et un chandail informe. Ses ongles et ses paupières sont peints

---

[7] Compact Disc. Disque optique utilisé pour stocker des données numériques, ici de la musique.

couleur nuit. De longs cheveux bruns avec des mèches rouges.

Elles forment un étrange trio. Elles vont dans la chambre de Christine.

Céline fait les présentations. Christine est au lycée.

- Montre-nous ton cahier à histoires !

Il y avait une douzaine de récits d'une trentaine de pages. Tous parlaient de zombis, d'aliens et autres monstres, ce qui, vu la tenue de l'autrice, n'étonnait pas Marie, sauf un.

- C'est mon écot au roman social, déclare l'amie de Céline. Cela raconte la vie d'une jeune fille d'un milieu très défavorisé. Elle habite une barre grise et triste d'immeubles dans une banlieue que le bonheur a désertée. Elle couche avec un étudiant en droit, lui dit qu'elle est enceinte de lui, ce qui était faux, pensant qu'il l'épouserait. Le type se contentant de ne plus la voir, l'héroïne va de corps en corps, croyant y trouver une île paradisiaque. Elle finit par se marier avec un pauvre mec qui lui fait sept gosses.

Ce qui impressionne Marie ce sont les nombreux passages où Christine décrit les scènes de relations sexuelles. Elle en a déjà lu, c'est une grande lectrice, mais trouve que les descriptions de Christine sonnent particulièrement vrai.

Elle juge que l'amie de Céline n'est pas très jolie, elle n'a pas de poitrine, n'a pas un visage très beau. Elle est jeune, n'a qu'un an de plus qu'elles.

La mère de Christine lui envoie un texto pour lui demander si elles veulent goûter. Elle a fait un cake à l'orange.

- Vous voulez du gâteau ?

Céline répond « bien sûr ».

Les trois jeunes filles sont attablées dans la cuisine. Christine se coupe une petite part du gâteau, puis le passe à Céline qui se sert généreusement. Marie hésite, puis prend une bonne tranche. La mère de Christine a préparé du thé.

Ensuite elles retournent dans la chambre et écoutent de la musique, Zla Krev, un groupe punk tchèque, tout en discutant.

Au retour, à l'arrière de la voiture, Marie voudrait interroger Céline au sujet de Christine, mais la présence du père de son amie l'en empêche. Elle est intriguée que Céline fréquente une fille comme Christine, cela la dépasse. Elle se demande si elle connaît vraiment son amie.

Sitôt rentrée, elle lui téléphone :

- Comment tu as connu Christine ?

- Lors d'un concert gratuit. C'était de la musique électro, pas la musique que j'écoute, mais Nicolas, mon frère, m'avait proposé de l'accompagner. Je m'étais dit : pourquoi pas ? Au concert, il l'a draguée, elle avait déjà ce genre de tenue. Après le concert, on est allés boire un pot, au moment de se quitter elle nous a donné son 06 en prévenant mon frère que c'était inutile qu'il l'appelle. Quelques jours après, je l'ai rappelée, son assurance me surprenait, m'intriguait, me plaisait. Ensuite on s'est donné plusieurs fois rendez-vous et on est devenues amies. Il ne faut pas t'arrêter à son look, elle est très sympa et intéressante.

- Je te crois. Tu sais si elle a déjà couché ? Ses passages sur les scènes d'amour font vécus, réalistes.

- Je peux te le dire, tu es mon amie et je sais que tu ne le répéteras pas. À quatorze ans, elle est tombée amoureuse d'un gars de dix-sept ans. Ils ont couché plusieurs fois ensemble. Ses parents ont fini par l'apprendre. Ils ont menacé de porter plainte pour détournement de mineure. Le garçon l'a quittée. Elle m'a dit : le plus triste dans cette histoire c'est que maintenant elle pense que le garçon ne l'aimait pas vraiment.

- Est-ce que l'on peut connaître l'amour véritable à notre âge ?

- Je ne sais pas. La semaine dernière, à la radio, il y avait un dialogue entre un journaliste et un écrivain à propos de son dernier livre. Pour conclure, le chroniqueur a dit « c'est une ode à l'amour universel ».

Mon père a haussé les épaules et dit :
« N'importe quoi, il y a autant de formes d'amour que d'individus, peut-être même plus. »

- L'idée me plaît.

- Il peut y avoir des amours malsains.

- Oh ! Je n'y avais pas pensé, mais tu as raison.
Cela arrive.

- J'ai lu dans je ne sais plus quel bouquin cette
phrase : tout le monde parle d'amour car
personne ne le comprend ou bien il n'existe pas.

2

Le réveillon du 31 se passe traditionnellement
chez les parents de son père. Marie ne les
supporte pas, elle doit répondre à toute une série
de questions, ce qu'elle apprend au collège,
comment sont ses professeurs, sa classe, etc.
Jamais ils ne lui demandent comment elle va. Ils
ne sont pas méchants, mais ont des idées qu'elle
ne partage pas, pire qui la heurtent. Sa grand-
mère lui avait demandé ce qu'elle désirait
comme cadeau. Marie souhaitait sinon une
guitare électrique au moins un chèque pour
l'achat de celle-ci. Financièrement ils peuvent se
le permettre. Son grand-père a refusé et elle a eu
une bague. Elle qui ne porte jamais de bijoux.

Pendant le repas préparé par un traiteur, « la
qualité avant la quantité » dit à chaque fois son
père, son aïeul déclare : « les jeunes, ils ne
veulent plus travailler maintenant, on est obligé
de prendre des étrangers ; il y aurait la guerre, on
ne pourrait pas compter sur eux. »

Marie réplique : « on vous a vus à l'œuvre en quarante et pendant l'occupation. »

Son grand-père, qui était pétainiste en 40, blêmit. Ses parents et sa grand-mère sont statufiés, c'est le traiteur demandant s'il pouvait apporter le dessert qui tirera la tablée de l'embarras.

Marie devait passer le lendemain après-midi chez Céline, mais elle est privée de sortie jusqu'à la fin des vacances.

Elle reprend l'école, et 2015 commence comme 2014 a fini, par des insultes, des moqueries. Marie a de plus en plus de mal à ne pas hurler, à ne pas frapper un de ses agresseurs.

Un matin, en descendant du bus, une violente poussée dans son dos la fait tomber. Ce ne sont pas les bleus qui lui font le plus mal, mais l'impuissance, la rage, la honte.

Le soir dans son lit, de plus en plus souvent elle pleure.

Un dimanche de janvier froid et venteux, elle se promenait seule dans la ville de M et a vu sur un mur cette inscription :

« Le monde n'existe plus quand tu n'es pas là. »

Elle l'avait lu inconsciemment comme une publicité. C'est plus tard dans sa chambre que cela lui est revenu. Était-ce un message d'amour signifiant : tu n'es plus là, le monde non plus ? L'inconnu voulait-t-il dire que notre mort est la mort du monde ?

Me supprimer, j'y pense souvent, mais ça leur ferait trop plaisir et ça voudrait dire qu'ils ont gagné. Cela règlerait définitivement le problème, mais non, ce n'est pas une solution.

Marie mange en cachette de plus en plus souvent. Son père ne lui a pas proposé de faire des examens. Elle sait pourquoi.

Les jours passent comme un rouleau compresseur, lentement, inexorablement. Marie grossit, souffre. Marie souffre, grossit.

Elle voit régulièrement Céline, mais depuis la visite chez Christine ce n'est plus pareil. Elle sait que c'est elle qui regarde son amie avec d'autres yeux. Marie s'enfonce dans la dépression.

Sa mère ne sait quelle attitude à-adopter. Son père dit : c'est une crise d'ado, cela lui passera.

Le samedi 1er mars, elle fêtera son anniversaire en même temps que celui de Céline. Celle-ci est née un 27 février, Marie le 2 mars. Elle avait refusé, sachant qu'il y aurait Christine et des garçons. Son amie, à force de patience, d'arguments, a su la persuader.

 Marie doit dormir le soir chez son amie. Céline a téléphoné aux parents de Marie pour leur demander l'autorisation, disant que ses parents sont là pour surveiller. C'est un mensonge, les parents de Céline seront partis le week-end chez le frère de sa mère. Le seul adulte sera Nicolas qui a dix-neuf ans et aucune envie de jouer les baby-sitters.

Le 1er mars Marie hésite et, après son léger petit déjeuner, se dit qu'elle peut encore refuser sous un prétexte quelconque.

Un quart d'heure plus tard, Caroline, sa mère, lui apprend que son amie a téléphoné et que Nicolas passera la prendre à treize heures au lieu de quatorze. La perspective de passer un week-end loin de chez elle l'emporte. Le frère de Céline est ponctuel, il est grand, un mètre quatre-vingt-quinze, et costaud, il joue au rugby.

Outre Marie, Céline et Christine, il y a une dizaine d'amis de Céline et ceux de Christine, plus âgés. Une fois les présentations faites, c'est évidemment sur le collège et le lycée que portent les conversations. De l'école on passe sans transition aux parents, puis on évoque les attentats de Charlie Hebdo et les frères Kouachi, le ton se fait sérieux, grave. C'est l'incompréhension qui domine. Une fille dit : on met de la musique. Marie et deux de ses copines ont élaboré une playlist en tenant compte des goûts de tout le monde. Il y a même de la musique punk pour Christine.

Vers vingt et une heures, Nicolas s'en va, en lançant : ne faites pas le bordel, sinon je vous casse. Son physique donne du poids à ses paroles.

La soirée se passe agréablement, il y a peu d'alcool, un peu d'herbe. Marie et Céline ne boivent pas d'alcool, s'autorisant juste une coupe de champagne avec leur gâteau. Marie remarque et s'étonne que Christine n'en prenne pas non plus. Un garçon l'a invitée à danser un slow, elle a accepté sans trop savoir pourquoi. Lors des rocks, elle mange un peu et discute littérature avec un garçon roux.

Celui qui l'avait invitée pour le premier slow la prie systématiquement de danser avec lui. Alors que la soirée tire à sa fin, les adolescents doivent rentrer chez eux pour minuit - une heure, son cavalier profitant d'un endroit plus sombre l'embrasse sur la bouche. Marie aurait pu crier, faire un scandale, mais elle se sent plutôt flattée Le jeune homme lui a discrètement passé un papier avec son 06.

- Je suis baisable pense-t-elle, baisable signifie « normale » pour elle.

Tout le monde est parti, il ne reste plus que les trois jeunes filles. Marie pensait, espérait qu'elle serait seule avec son amie, mais visiblement ce n'est pas le cas. On nettoiera plus tard, on va se coucher maintenant. Les trois jeunes filles dorment dans le même lit, Céline et Christine sont nues, Marie a gardé sa culotte et un tee-shirt. Avant de s'endormir, elle songe qu'elle a vécu une belle soirée, n'a pas pensé à son poids. Le regard des autres ne l'a pas désespérée. Mais lundi sera noir.

Elle se lève tard, Marie est une grosse dormeuse. Ses deux amies, aidées par Nicolas, ont rangé la maison. Elle s'excuse, dit que l'on aurait dû la réveiller.

Elle boit son thé, Christine s'assoit en face d'elle :

- Les garçons et les filles t'embêtent au collège.

Marie pleure.

Céline l'enlace en silence.

Les trois jeunes filles restent ainsi un long moment, puis Marie arrête de sangloter. Des larmes silencieuses mouillent son pull-over.

- Marie, j'ai réfléchi, avec Nicolas et mes deux copains qui étaient là on va casser la figure à ce Kévin de malheur.

- Non surtout pas. Il se vengera et ce sera pire.

- Tu en as parlé aux profs ?

- Ils s'en fichent.

- Et tes parents ?

- Si je leur dis que l'on me traite de grosse et que l'on me met en quarantaine, ils ne le diront pas mais penseront « c'est vrai, elle est grosse » et ne feront rien.

Christine lui prend les mains.

- Nous, on est avec toi. Tu peux compter sur nous, on ne t'abandonnera pas.

La semaine suivante, le lundi matin à six heures quarante-cinq, Marie reçoit un texto de Céline qui lui dit de ne pas se rendre au collège, qu'elle ait confiance. Elle est effrayée, se demande ce qui se passe. Christine et Céline lui avaient promis qu'elles ne tenteraient rien. Alors que signifie ce texto ? Elle ne peut pas faire semblant d'être malade, son père est médecin, il s'apercevra tout de suite de la supercherie.

Elle est songeuse devant son petit déjeuner, cherchant une idée, quand sa mère lui annonce : ce matin, c'est moi qui t'emmène au collège. Je dois aller en ville et c'est sur mon chemin. Marie est tellement surprise qu'elle ne trouve rien à répondre. Pendant le trajet, elle pense : il va arriver un malheur.

Caroline la dépose devant le collège, les portes sont ouvertes, mais des élèves discutent sur le trottoir. Il y a des garçons et des filles de sa classe, mais ceux-ci l'ignorent. Elle reste indécise devant le collège. Le bus scolaire arrive. Elle voit trois jeunes sortir d'une voiture garée devant l'établissement. Elle est certaine que le désastre est inévitable.

- Alors, la grosse, tu ne peux pas rentrer, la porte n'est pas assez large.

La remarque de Kévin fait rire ses copains.

- C'est comme ça que tu parles aux dames ?

Kévin s'arrête et s'avance vers le jeune qui l'a interpellé.

- Qu'est-ce que ça peut te faire à toi ?

Il se prend un coup de poing en pleine figure et tombe sur le trottoir. L'auteur du coup de poing, accompagné par ses deux amis, retourne à la voiture et démarre.

Le lendemain il y a un article en page intérieure sur l'odieuse agression devant le collège Saint Louis. En fin de matinée une vidéo circule sur les réseaux sociaux.

On y voit Kévin prendre un coup et tomber par terre. Il n'y a pas de son. La vidéo est accompagnée d'un texte.

Odieuse agression. Vous avez oublié les s, car les agressions sont quotidiennes et durent depuis plusieurs mois. Une jeune fille se fait harceler par ce Kévin Maréchal et ses copains. Elle est obligée de manger à part, suite aux vexations subies, comme jeter une saucisse entamée dans le plateau-repas de la jeune fille et dire : la poubelle, elle mange tout. La direction le sait, mais sa tranquillité et sa respectabilité avant tout. Les chauffeurs de bus ferment leurs oreilles lorsque les insultes fusent.

Voilà, monsieur le journaliste, voilà ce que vous auriez dû écrire.

C'est signé « l'agresseur ».

La vidéo est reprise des milliers de fois. La chaîne de télé locale consacre un reportage à l'affaire. Dans la ville de M et le village de S, plus personne n'ignore que Marie était harcelée au collège. Les portables de ses parents et le sien sonnent sans interruption. Elle reste terrée à la maison avec sa mère. Son père utilise mille ruses pour éviter les journalistes.

Ce n'est même pas une bagarre entre bandes rivales ou impliquant des dealers, juste un coup de poing. Le harcèlement, ce n'est pas spectaculaire ni très vendeur. Très vite c'est devenu une histoire ancienne, une information chasse l'autre.

Pour la télé il faut de l'émotion, faire de l'audimat, c'est incompatible avec la réflexion, le temps long.

Il n'y a pas eu de plainte, les parents de Kévin n'ayant pas intérêt à ce que l'attitude de leur fils soit étalée, les parents de Marie ne souhaitent pas non plus voir leur fille faire la une des journaux. La direction du collège, après avoir exclu Kévin et deux de ses copains, voulait ardemment tourner la page.

Les témoignages sont trop vagues et contradictoires, la police ne peut identifier l'agresseur. Aucun des présents n'avait eu l'idée de prendre l'immatriculation de la voiture.

Marie a invité Céline et Marie. Il fait beau elles se sont installées dans le jardin.

Céline m'avait prévenue que tu as une baraque de richard, mais c'est encore plus rupin que je ce que j'imaginais. Ça gagne un max, directeur de clinique !

- C'est une clinique de chirurgie réparatrice, mais c'est surtout de la chirurgie esthétique. Il fait encore quelques interventions, mais maintenant il fait surtout de l'administration. Ils vont peut-être ouvrir un autre établissement.

- Tu es drôlement au courant.

- Obligé, à chaque repas il nous casse les oreilles avec sa clinique. Il ne parle que de cela.

- Ta mère, qu'est-ce qu'elle en dit ?

- Rien. Elle s'en fout complètement. En dehors de ses fringues, sa coiffure, son esthéticienne, ses cours de tennis, le reste ne l'intéresse pas. On n'est pas là pour parler de mes parents. C'était risqué votre plan, s'il n'y avait pas d'article dans le journal cela ne marchait pas.

- On avait beaucoup discuté de cela, Christine, ses copains et moi. La veille on avait envoyé un mail au journaliste pour lui signaler qu'il y avait un trafic de drogue au collège, histoire de l'appâter. On n'avait pas prévu que, suite à la vidéo, la télé débarquerait, mais finalement cela nous a servi. Le problème est réglé.

- C'est vrai. Je vais dire aux parents que l'année prochaine je veux retourner dans le public.

- On sera toutes les trois dans le même bahut, c'est super.

- Il fait frais, on peut aller dans ta chambre ?

- Bien sûr.

Les trois jeunes filles discutent, écoutent de la musique.

Le père de Céline a téléphoné pour s'excuser, car il ne pourra pas venir avant dix-neuf heures pour ramener Christine et sa fille. Le père de Marie qui est rentré tôt, ce qui est inhabituel, se propose de les raccompagner. À son retour, il dit à sa fille : je ne veux plus que cet épouvantail remette les pieds chez moi. Marie se demande si Christine a fait une réflexion désobligeante pendant le trajet. Elle appelle Céline qui ne comprend pas l'attitude du père de Marie, Christine a été polie.

Caroline est toute seule dans sa cuisine comme souvent. Sa fille à l'école, son mari au travail. Que le harcèlement de Marie ait pris fin la réjouit. Cela explique sa prise de poids. Qu'elle ne se soit pas confiée à elle la chagrine. Les relations mères-filles évoluent et souvent se tendent lors de l'adolescence. Mais il lui semble que le changement s'est fait avant, vers treize ans. Pas de cris ni de disputes, mais une certaine distance, une indifférence.

 Comment aurait-elle réagi ? En aurait-elle parlé à sa mère ? Elle n'en est pas sûre. Elle avait peur de sa mère. Certes elle n'avait pas la vie facile, veuve à trente-deux ans avec trois enfants. La vie est un combat, il faut se battre, lutter en permanence. C'était son credo qu'elle lui répétait sans cesse.

J'étais très jeune à la naissance de ma fille. Étais-je capable d'être une mère, une bonne mère ? Aimer un enfant est-ce suffisant pour l'élever, l'éduquer ? Qu'ai-je mal fait, raté ?

Les conseils de classe du dernier trimestre sont passés. Céline et Marie iront au lycée public, Christine passe en première dans ce même établissement. Le père de Marie était réticent, mais s'est rangé aux arguments et à la volonté de Caroline et de sa fille.

Marie fêtera ses seize ans dans quinze jours. Avec le lycée elle a découvert un autre univers, plus proche de celui des adultes. Il lui semble qu'il y a un siècle qu'elle a quitté le collège. Elle a des camarades, garçons et filles, pas des amis, car elle ne s'ouvre pas assez aux autres. Elle est secrète. Elle a Céline et Christine comme amies, cela lui suffit. Elles se voient tous les week-ends et quelquefois le soir, selon leur emploi du temps et leurs disponibilités. Marie s'est inscrite à nouveau sur les réseaux sociaux et communique tous les jours.

Le samedi, Caroline va régulièrement au marché du village de S. Il y a peu de commerces, mais ce sont tous des petits producteurs locaux. C'est curieux, moi, une fille élevée à la ville, je préfère vivre à la campagne, se dit-elle. Elle aime ce village. Les commerçants la connaissent bien, c'est une bonne cliente.

- Bonjour !

- Bonjour, madame Philippe. Que désirez-vous ?

- La semaine prochaine, je reçois. Il me faudrait des homards pour six personnes, c'est possible ?

- Naturellement.

Femme de chirurgien et conseiller municipal, Caroline est une notable.

Elle continue à faire ses achats et voit arriver le maire de S.

- Bonjour, monsieur le maire !

- Bonjour, madame Philippe. Pas de monsieur le maire entre nous. Appelez-moi François.

- À condition que vous m'appeliez Caroline.

- Avec plaisir ! Vos courses se passent bien ? Vous trouvez tout ce que souhaitez ? Le marché est petit, mais c'est difficile de faire venir des commerçants. Il y a la concurrence des villes proches. Votre présence régulière est à la fois un encouragement et un stimulant.

Le portable du maire sonne.

- Je suis désolé, le devoir m'appelle.

Caroline regarde le maire s'éloigner. Il est bel homme, songe-t-elle.

En ce début juin, le soleil chauffe sans cuire, chaleur agréable, l'air doux et parfumé caresse Caroline, allongée sur une chaise longue. Elle songe. Elle est malheureuse.

Christophe, son mari, lui ayant annoncé qu'il n'y avait aucun problème d'ordre génétique, hormonal ou métabolique qui expliquerait un désordre occasionnant une surcharge pondérale chez Marie, elle aurait dû se réjouir. Pourtant, malgré les conseils d'une nutritionniste, les repas équilibrés qu'elle confectionne, sa fille continue à grossir.

Elle sait finalement peu de choses de la vie de sa fille. Elle ne communique que sur des banalités, des riens sans importance. Marie est-elle encore vierge ? En dehors de Céline et de Christine que son mari appelle toujours l'épouvantail à moineaux, jamais de prénom masculin, aucune allusion à un camarade, un jeune homme.

Christophe est logé à la même enseigne qu'elle. Caroline se souvient parfaitement que son mari et sa fille étaient complices avant. Leur relation a radicalement changé quand son mari est devenu directeur de la clinique. Il était moins disponible évidemment, de plus ses parents lui avaient offert une forte somme pour qu'il prenne des actions dans la clinique. C'était beaucoup de stress.

En parler à sa mère, Caroline y pense souvent, mais elles se sont fâchées pour une broutille. Carole, sa mère, lui avait demandé de solliciter un prêt auprès des parents de Christophe pour l'achat d'une voiture. La sienne avait rendu l'âme et elle ne souhaitait pas prendre un crédit.

Elle ne l'avait pas fait et avait dit que cela n'était pas possible. Stupide mensonge. Sa mère apprit rapidement qu'elle n'avait rien demandé. Une terrible dispute en avait suivi, des mots comme

« menteuse », « égoïste », « sans cœur » avaient été prononcés, jusqu'au « je ne veux plus te voir ».

Caroline regarde les feuilles des arbres, tout est calme, quelques oiseaux gazouillent leur bonheur, leur joie de vivre.

On donne l'image d'une famille unie, heureuse. Quelle illusion !

Moi-même on me voit comme une très belle femme, on me le dit tous les jours, sauf mon mari. J'ai une belle et grande maison et suis sinon riche, du moins aisée. On me dit qu'on m'envie. Alors pourquoi cette tristesse ?

Félix lui saute sur le ventre. C'est un tout jeune chat, que Marie a amené il y a une semaine. Il se met en boule, Caroline le caresse, l'animal ronronne. Tu es affectueux, toi, lui dit-elle et ses yeux s'embuent.

Marie voit bien que ses relations avec Céline et Christine évoluent. Céline sort avec un garçon à dix-sept ans passés, ce n'est pas extraordinaire. Christine couche à droite, à gauche, pour l'hygiène selon ses dires. Marie ne fréquente pas, elle est grosse, mais elle n'est pas laide. Elle a conservé une partie de sa beauté enfantine. Elle a eu l'occasion de sortir avec un garçon, mais elle ne l'a pas voulu. Elles sont toujours amies, mais il n'y a plus l'insouciance, l'abandon de leur adolescence.

Marie est à Paris et fait des études de Droit. Elle aurait pu étudier dans la ville de M, mais elle a préféré s'éloigner de ses parents. Céline habite toujours chez ses parents, est en deuxième année de médecine. Christine loge en banlieue parisienne, elle est comédienne. Marie et Christine ne se voient pas souvent, leur rythme de vie est différent.

Marie a vingt ans. Elle ne les fête pas, elle est seule. D'aussi loin que remontent ses souvenirs c'est la première fois que Céline n'est pas présente. Sa mère lui a souhaité par téléphone un joyeux anniversaire. Son père lui a envoyé une carte virtuelle et un texto. Spontanément les premiers vers d'*Avec le temps* de Léo Ferré, qu'elle écoute régulièrement, lui sont venus à l'esprit.

Avec le temps

Avec le temps, va, tout s'en va

On oublie le visage et on oublie la voix

Quand, se dit-elle ?

Elle pensait que quitter ses parents en changeant de ville l'apaiserait. Il n'en est rien. Souvent elle se demande ce qu'il faut faire, s'il y a une solution ? Elle est sûre que, sans le mal qu'elle a subi, sa vie serait différente, meilleure.

Depuis une semaine les cauchemars sont revenus, comme après l'horrible secret. L'un d'entre eux revient la hanter régulièrement. Dans ce mauvais rêve, elle s'endort et aussitôt elle se voit choir à une vitesse vertigineuse. Elle ignore ce qu'il y a en dessous, terre, rochers, bitume ou mer, mais elle sait qu'elle va s'écraser. Cette nuit, elle s'est réveillée en sursaut, en sueur, elle avait cru dans son délire qu'elle était couchée à côté d'un cadavre.

Marie dort mal. Elle se renferme sur elle-même. En cours, elle est absente, la tête pleine d'horribles images. Elle savait qu'elle ne pourrait jamais oublier, mais elle pensait pouvoir refouler cette horreur. C'est devenu impossible, sans cesse elle revoit les scènes.

Cela fait quinze jours que Marie reste dans son studio, se nourrissant de boîtes de conserve. Elle passe la plupart de son temps dans son lit. Des larmes jaillissent sans prévenir.

Toc, toc.

On frappe à sa porte Marie se tétanise. Elle reste coite, sans bouger.

- Marie, c'est moi Céline.

Marie est immobile au milieu de la pièce.

Les coups redoublent, la voix se fait plus forte :

- Marie, ouvre ! Je sais que tu es là.

Comme un automate elle se dirige vers la porte et l'ouvre.

Céline lâche un « ho » horrifié. Son amie n'est pas peignée, son visage est bouffi, ses vêtements tachés et elle ne s'est pas lavée.

Céline la prend dans ses bras puis l'assoit devant la table.

- Qu'est-ce qui se passe ? Cela fait une semaine que je te téléphone tous les jours. J'ai appelé la fac, on m'a dit que tu n'étais pas venue depuis deux semaines et je te trouve dans cet état.
Marie, par pitié, parle-moi.

Marie pose son front sur le bord de la table, son corps secoué de sanglots.

Céline l'a amenée dans la salle de bain, l'a aidée à se laver, lui a donné des habits propres. Elles sont là toutes les deux, l'une en face de l'autre, en silence.

Au bout de longues minutes Marie semble prendre conscience de la présence de son amie. Elle la regarde et, d'une toute petite voix, elle dit :

- Le 2 janvier 2012 après-midi, dans notre ancien appartement, j'étais seule avec….

Elle s'arrête de parler et pleure. Son amie lui prend les deux mains. Marie ravale ses larmes et poursuit :

- Avec lui, mon père. Il me dit « viens me lire un livre ». Je m'assieds sur le canapé et lui à côté de moi. Il me tend *Justine ou les malheurs de la vertu*. Je n'ai pas treize ans. Je commence à lire, sa main se pose sur ma cuisse. Je me tais, « continue ma chérie » me dit-il. Je reprends, lui me caressant toujours. Il met sa main dans ma culotte. Puis il sort son sexe et met ma main dessus. Il me force à le masturber, quand il éjacule son sperme coule sur ma main. Il la prend et la porte à mes lèvres.

Le 4 janvier, je suis à mon bureau, je fais mes devoirs. Mon père rentre dans ma chambre, à cette époque je ne fermais jamais à clé, car les parents n'y entraient pas. J'ai peur, je ne bouge pas. Il se met derrière moi et me caresse la poitrine, puis il me soulève par les aisselles, baisse mon pantalon et ma culotte et me….

Marie se tait puis murmure " j'ai honte, tellement honte, je te jure que je voulais crier, m'enfuir, mais je ne pouvais pas, j'étais paralysée, je me disais : ce n'est pas vrai, tu es folle ".

Céline se lève et entoure son amie de ses bras. Elle la berce et lui caresse les cheveux comme le ferait une mère. Le silence est rempli de mots qu'elle ne prononce pas.

Doucement elle chuchote « je vais dormir là ce soir, mais je dois téléphoner. »

Plus tard son amie propose :

- Marie, on va faire un peu de ménage.

En rangeant, Céline découvre le téléphone portable de son amie sous un coussin, batterie complètement déchargée.

- Marie, remets ton portable en charge !

Elles sont en train de faire la vaisselle quand la sonnette retentit.

- J'y vais, dit Céline.

Elle tient un bref conciliabule sur le palier et revient avec un gros sac.

- Tu as quelque chose à manger ?

- Il doit rester une boîte de cassoulet.

- Je vais commander. Thaïlandais, ça te va ?

- Comme tu veux.

Elles mangent en silence, mille questions se bousculent dans la tête de Céline.

C'est à partir de ce moment-là que tu t'es mise à grossir.

- Oui.

- Ta mère ?

- Elle ne comprenait pas pourquoi je prenais du poids. Je me goinfrais en cachette. Je crois qu'elle ne s'intéressait pas vraiment à moi. Elle m'aime peut-être à sa façon, mais elle n'est pas faite pour avoir un enfant ou elle m'a eue trop tôt. Elle ne se doute de rien, car elle se laisse vivre, ne pense à rien à part ses fringues et son look.

Mon père, j'en avais peur. Je me disais « il va recommencer », je m'arrangeais pour ne pas être toute seule à la maison avec lui. Je ne mettais plus que des pantalons avec des ceintures. Quand j'ai grossi, il ne me regardait plus, mais la peur ne m'a jamais quittée.

- Ma pauvre amie, comme tu as dû souffrir, murmure Céline, les yeux remplis de larmes.

Les deux jeunes ~~femmes~~, enlacées, sont silencieuses.

Le téléphone de Marie sonne.

- Tu ne réponds pas ?

- Je verrai cela demain.

- Tu prends ce cachet et au lit !

- C'est quoi ?

- Un somnifère efficace. Je ne fais pas médecine pour rien.

Le médicament a fait effet, Marie dort, Céline, à côté d'elle, ressasse la confession de son amie. Les « Comment est-ce possible ? Pourquoi ? Que faire » tourbillonnent dans son crâne.

Au lever, Céline lui demande de lire ses messages.

- Tu m'as appelée tous les jours

- Bien sûr, j'étais inquiète. Il n'y a pas d'appels de tes parents ?

- Si, qu'est-ce que je réponds ?

- Que tu as perdu ton portable, tu viens de le retrouver, tu vas bien.

Les deux jeunes femmes prennent en silence leur petit déjeuner. Marie pose son bol sur la table et fixe son amie.

- Tu m'as sauvé la vie. J'allais finir par me jeter par la fenêtre. Cette chose, c'est comme un rat qui te ronge, te grignote de l'intérieur. Des milliers de fois, je me dis que mon père est le pire des salauds, mais je pense que moi aussi je suis coupable. De quoi ? je ne sais pas. D'être moi tout simplement. Si tu savais combien de scenarii j'ai échafaudés pour le tuer. J'ai même regardé sur internet comment trafiquer les freins de sa voiture. Dans les films et dans les livres, c'est facile d'assassiner quelqu'un, dans la réalité c'est différent.

Ne pouvant me débarrasser de lui, il ne me restait plus comme solution que de m'effacer.

Cette phrase à laquelle elle pense depuis hier, Céline ne peut s'empêcher de la formuler :

- Pourquoi tu ne m'as rien dit ?

Marie regarde le plafond et semble perdue dans un autre monde.

- Pourquoi ? Pourquoi ? Nous étions petites. Plus tard j'aurais dû te le dire « tu es ma seule amie, je te fais confiance, crois-moi », mais peut-être que je me disais que je pourrais vivre avec. Si les autres l'ignorent, la chose n'existe pas. Je te jure que j'aurais voulu te le dire, mais je n'y arrivais pas. J'ai tellement honte, tu sais.

- Je m'en veux de ne pas l'avoir deviné, ressenti, compris.

- Tu ne le pouvais pas.

Les deux jeunes ~~femmes~~ nettoient la table, font la vaisselle. Elles ne parlent pas, mais il n'y a aucune gêne.

Les deux amies marchent dans la rue. Céline a passé son bras sous celui de Marie. Le ciel est couleur d'ardoise, les automobiles roulent vers leurs destinées. Yeux rivés sur le téléphone, écouteurs sur les oreilles, les piétons se croisent, indifférents. Dans cette artère il n'y a pas d'arbres, pas d'oiseaux, les vitrines s'offrent aux passants.

Les deux jeunes ~~femmes~~ ont terminé leurs courses et sont rentrées.

- À la fac, ça va ?

- Oui, j'ai raté juste ces deux dernières semaines.

- C'est quand, ton examen ?

- Dans une dizaine de jours.

- Il faut que tu sois prête et que tu le réussisses.

- Tu commences quand ton stage ?

- Le 15 avril et je finis le 2 juin, en cardiologie. Une troisième année y a fait un stage et me l'a conseillé.

Le portable de Céline sonne, la discussion est brève.

- Je peux rester encore deux jours, après il faudra que je rentre.

- Tu n'es pas obligée de rester.

- Tu me mets à la porte ?

- Bien sûr que non, tu sais bien que cela me fait plaisir que tu sois là, mais je ne veux pas être une charge, un fardeau.

- Arrête de dire des bêtises et préparons le repas. Et si on allait au cinéma après ? Il y a un film avec Joaquin Phoenix et Scarlett Johansson, ça te dit ?

- D'accord.

- Pas terrible, ce film.

- Non, même carrément cucul.

Son amie est partie, Marie ressent un grand vide. Elle retourne à la fac, le soir elle relit ses cours, rattrape son retard, révise. Elle passe ses examens et sait qu'elle les a réussis. Céline lui a suggéré de voir une psy, mais elle hésite à en parler à une inconnue. Il n'est pas question d'avoir affaire à un homme. Est-ce utile, se demande-t-elle ?

Elle est admise en troisième année. Elle a obtenu un emploi pour deux mois dans un cabinet d'avocat.

Paris, le
12 mai 2019

Très chère Céline,

C'est en prenant ce stylo et cette feuille que j'ai
pris conscience que c'est la première fois que je
t'écris. J'ai dû te téléphoner des milliers de fois,
t'envoyer des centaines de textos, mais aucune
lettre.

Je n'ai pas les mots pour te dire combien ton
amitié m'est précieuse. Te dire merci pour ce que
tu as fait, pour ta présence, est d'une banalité
affligeante.

Les mots me manquent pour te montrer la place
que tu as dans mon cœur.

Tu sais que j'ai un job d'été dans un cabinet
d'avocat. Il y a une jeune avocate à qui j'ai
demandé conseil. Je lui ai dit que j'avais une
amie qui a été violée par son père quand elle
avait moins de treize ans, qu'elle a vingt ans

maintenant. Elle veut savoir si le délai de prescription est dépassé et comment porter plainte.

Elle m'a posé un tas de questions, je crois qu'elle n'était pas dupe. À la fin de l'entretien elle me dit que c'est parole contre parole et que, le doute devant bénéficier à l'accusé, il très difficile de gagner ce genre de procès. Dites à votre amie que je la défendrai gratuitement si elle tient absolument à aller en justice, car je suis une féministe. N'omettez pas de lui faire remarquer que ce genre de procès peut être difficile à vivre, à supporter.

Malgré ses mises en garde, je vais porter plainte contre mon père. Après avoir passé des années à me taire, à tenter de survivre avec cette souillure, je sais que je n'y arriverai pas.

Il faut que j'extirpe cette tumeur de mon corps, de mon cœur.

Comme tu es la seule personne à qui je l'ai avoué, tu seras convoquée par la police. J'aurais aimé t'éviter ceci, mais ce n'est pas possible.

Très chère amie, je te souhaite tout le bonheur du monde.

Marie

Montpellier, le 16 mai 2019

Très chère Marie,

Les seuls courriers que je reçois ce sont des factures et de la publicité. Alors grande a été ma surprise en voyant cette enveloppe avec ton nom et ton adresse au dos. À force de lire et de relire ta lettre, je la connais par cœur.

Ton amitié n'a pas de prix. Pourquoi je ne te l'ai jamais dit ? Par pudeur ? Je crois que je pensais que cela allait de soi, qu'il est inutile de le dire. Il en est de même pour toi, j'en suis sûre.

Marie, je suis à tes côtés, surtout n'hésite jamais à me solliciter.

Tu es intelligente, ton avocate a été honnête en te montrant les dangers d'un procès, mais si c'est ce que tu souhaites il faut le faire.

Contrairement à Christine, je n'ai pas la plume facile, aussi je clos cette missive.

Ce que mes lèvres ne disent pas mon cœur le pense.

Je t'envoie des milliards de milliards de baisers,
ma belle amie.

Céline

Marie et son avocate sortent du commissariat après avoir déposé plainte.

- Je vous remercie d'être venue, maître.

- Je suis pour la féminisation des professions, mais « maîtresse » serait ambiguë, appelez-moi Noémie.

Marie a appelé son avocate, car il y a plus d'un mois qu'elle est allée au commissariat et elle n'a aucune nouvelle de son affaire. Noémie lui a répondu :

Quand elle fonctionne la justice est lente, lorsqu'elle dysfonctionne, ce qui arrive souvent, elle recule. Je vais me renseigner et vous tiens au courant.

Le procureur a décidé d'ouvrir une information judiciaire. La police va vous entendre ainsi que votre amie Céline, vos parents également et toutes personnes que le juge d'instruction pensera utiles. Je vous rappelle, Marie, que vous pouvez toujours retirer votre plainte.

La date du procès a été fixée au trois novembre.

Votre père est maire du village de S, on ne pourra éviter une certaine agitation médiatique. Cela risque d'avoir une influence sur les jurés, bonne ou mauvaise, à ce stade je l'ignore.

Noémie informe Marie que l'avocat de son père a proposé une rencontre entre les deux parties, vraisemblablement pour un arrangement à l'amiable, et lui demande ce qu'elle souhaite. Marie y est violemment hostile. Son avocate le comprend, mais elle aurait aimé savoir quelle proposition voulait faire la partie adverse. Cela lui aurait été probablement utile pour le procès.

Marie entame sa troisième année de droit. C'est une curieuse période. Elle souhaite que son père soit condamné, mais parfois elle doute que cela la délivre de cette souillure. Plus la date du procès se rapproche, plus elle a peur. Dire à son père qu'il l'a violée, détruit sa vie, expliquer à sa mère sa honte, son silence, lui crier « pourquoi tu ne m'as pas protégée », supporter le regard, le jugement d'inconnus, elle craint que cela soit au-dessus de ses forces.

Lors des audiences préliminaires, la durée du procès a été fixée à quatre jours. Il y a peu de témoins, un seul expert.

Le Président du tribunal a accédé à la demande de l'avocate de Marie, le procès aura lieu à huis clos.

C'est la première fois que Noémie plaide aux Assisses et, dans cette salle presque vide où résonne le moindre bruit, une émotion, mélange d'anxiété et d'appréhension, s'empare d'elle.

Le jury est composé de quatre hommes et deux femmes, Noémie, l'avocate de Marie, aurait préféré que ce soit l'inverse.

Le père de sa cliente a pris également une avocate pour sa défense.

C'est le premier jour :

Le Président commence par un rappel des faits et de la procédure.

Christophe, le père de Marie, est le premier à être interrogé, il se dit innocent.

Noémie lui demande pour quelle raison sa fille l'accuserait d'une chose aussi horrible.

- Je ne comprends pas, je suis innocent, incapable de commettre cette monstruosité. Mes rapports avec ma fille se sont distendus lors de l'adolescence de celle-ci, mais jamais ils n'ont été exécrables et encore moins haineux. Lorsque j'ai reçu la convocation, eu connaissance de cette accusation, j'ai cru à une mauvaise blague, à une erreur. J'aime ma fille, jamais je ne lui ferais du mal.

- Vous parlez d'adolescence, mais Marie a treize ans lorsqu'elle commence à grossir et à se renfermer sur elle-même. Comment se fait-il que vous, médecin, n'ayez pas agi ?

- Marie était une enfant précoce tant du point de vue mental que physique. Elle était suivie par un autre médecin que moi depuis sa naissance, j'échangeais régulièrement avec lui, c'est pourquoi je suis sûr qu'il n'y a pas de problème d'ordre génétique ou autre. Quant à l'amener voir un psy, je savais que Marie était contre, cela ne servait à rien de la contraindre.

- Vous ne lui avez pas posé la question.

- Je suis son père, je connais ma fille.

L'amie de Marie est la deuxième à témoigner.

Céline réitère sa déclaration : Marie lui a spontanément dit que son père l'avait forcée à le masturber puis plus tard l'avais violée dans sa chambre quand elle avait moins de treize ans.

L'avocate de l'accusé la questionne :

- Mon client a-t-il tenu devant vous des propos salaces ou connotés sexuellement ?

- Non.

- A-t-il eu des gestes déplacés ?

- Non.

- Sa fille, votre meilleure amie, vous a-t-elle confié que son père avait une attitude, disons ambiguë, envers les jeunes filles, les jeunes femmes ?

- Non.

L'avocate de Marie l'interroge à son tour :

- Vous connaissez la plaignante depuis combien de temps ?

- Depuis l'âge de six ans, cela fait quatorze ans.

- Vous alliez souvent chez les parents de votre amie ?

- Plusieurs fois par semaine.

- Vous y avez dormi ?

- Bien sûr.

- Pouvez-vous nous décrire un séjour chez les parents de votre amie ?

- Quand j'étais petite, je venais surtout après l'école et le mercredi après-midi. J'ai dormi quelques samedis soir, mais pas beaucoup.

- Le père de votre amie était présent ?

- Rarement, il était au travail.

- Vous nous dites « quand vous étiez petite », mais ensuite ?

- Il y a eu une période, vers nos treize ans, où l'on se voyait moins. Je ne venais plus chez Marie et elle passait peu chez moi.

- Vous vous êtes disputées ?

- Non, pas du tout. Marie s'est renfermée, c'est à cette période qu'elle s'est mise à grossir. De plus ses parents l'ont changée de collège.

Christophe, le père de Marie, a fait citer comme témoin le propriétaire de la clinique, qui déclare que jamais il n'a proféré de paroles blessantes envers les femmes. Que parmi le nombreux personnel féminin de l'établissement toutes soulignent le respect dont Christophe, directeur et chirurgien, fait preuve envers elles ! Les très rares fois où il a évoqué sa fille, c'était avec amour et gentillesse.

C'est au tour de Caroline d'être à la barre.

C'est une très belle femme, sa tenue met en valeur sa silhouette. Tous les présents le remarquent. Elle en est consciente, mais n'en joue pas.

C'est tout un art, pense Noémie.

- Madame, demande l'avocate de l'accusé, quelles sont vos relations avec votre mari et votre fille ?

- Avec mon mari nous nous aimons, moi depuis l'âge de seize ans et lui celui de vingt ans. À part cela il n'y a pas grand-chose à dire. Il travaille beaucoup, parfois je souhaite qu'il soit plus présent à la maison. Quand Marie est née nous étions jeunes, moi surtout, Christophe s'est beaucoup occupé d'elle, il faisait tout son possible pour rentrer de bonne heure. C'est un bon père. Marie n'était pas une enfant difficile, elle n'était pas turbulente.

Quand elle est rentrée au collège, ses notes ont baissé, elle avait toujours eu de très bonnes notes. Elle s'est mise à grossir. Avec mon mari on l'a changée d'établissement, car on voyait bien qu'elle ne s'y plaisait pas. C'était pour son bien. Lorsque nous avons appris qu'elle était harcelée dans son nouveau collège, nous sommes tombés des nues.

Je lui ai demandé : pourquoi tu ne nous as rien dit. Elle n'a jamais répondu, c'était le début de l'adolescence. Les relations mère-fille peuvent être compliquées à cette période, je n'ai pas insisté.

- Madame, je suis obligée d'aborder ce sujet, de poser cette question. Comment est votre relation intime avec votre mari ?

Caroline regarde les juges, les jurés, puis l'avocate.

- Je n'aime pas parler de ces choses. Nous faisons moins l'amour qu'au début, mais le faisons régulièrement. Si vous voulez savoir si nous avons des pratiques déviantes ou perverses, la réponse est non, mille fois non.

- Madame, je vais être brutale, reprend l'avocate, pensez-vous que votre mari est coupable de ce viol ?

- Non, pas du tout.

Noémie sait que le témoignage de la mère est important, mais elle ne sait pas comment le contrer. Elle regrette son inexpérience.

- Madame, vous parlez d'adolescence, mais lorsque Marie a commencé à grossir elle avait treize ans, ce n'était pas une ado, mais une pré-ado. Le fait qu'elle ne vous ait pas dit qu'elle se faisait harceler au collège n'est-il pas le signe d'un manque de confiance ?

- Je ne crois pas, si vous avez des enfants vous devez savoir qu'ils ne vous disent pas tout.

- Entre avoir des petits secrets et ne pas pouvoir avouer à sa mère être harcelée par des camarades de classe et violée par son père il y a un monde. Tout le monde, y compris vous, s'accorde à dépeindre Marie comme une enfant gaie, vive, et brusquement vers l'âge de treize ans elle se renferme comme une huître, pour reprendre les termes de sa professeure de danse. Cela ne vous a-t-il pas interrogée ? Qu'avez-vous fait ?

- J'ai demandé à mon mari de faire des examens pour savoir si cela était dû à un problème hormonal ou métabolique, plus tard il m'a dit que c'était inutile. Il est médecin. J'ai téléphoné à la mère de Céline pour savoir si Marie s'était confiée à son amie. Elle m'a assuré que ma fille n'avait rien dit à Céline. Quelques jours plus tard, la mère de Céline m'a rappelée, elle avait interrogé sa fille pour savoir si les deux amies s'étaient disputées. Pourquoi ne se voyaient-elles plus ? Céline lui avait répondu : c'est comme cela. J'ai pensé que c'était des histoires de gamines. J'ai fouillé sa chambre de nombreuses fois en espérant trouver un journal intime ou quelque chose qui me donnerait une réponse.

Elle éclate en sanglots en disant : je ne suis pas une mauvaise mère.

Le premier jour s'achève sur le témoignage de la mère.

Le procès reprend par le témoignage du premier adjoint du village de S qui, sans surprise, décrit un homme intègre, non violent, incapable de faire du mal à une mouche.

Une femme médecin qui travaille avec l'accusé tient le même discours.

Noémie a fait venir la professeure de danse de Marie, qui explique que celle-ci était une enfant enthousiaste, que c'était une jolie fillette vive et intelligente qui aimait beaucoup la danse. Elle a été son élève de six ans jusqu'à treize ans. Elle a arrêté, car elle commençait à grossir, mais ce qui l'a le plus marquée, intriguée c'était qu'elle était devenue éteinte, triste.

L'accusation comme la défense appellent un nouveau témoin qui n'apporte rien de nouveau.

Ensuite, le policier chargé de l'enquête confirme qu'il a entendu l'entourage du couple et de Marie et que seule l'amie de celle-ci lui a fait part d'agressions. Les autres personnes interrogées se montrant sceptiques. Il n'a pas trouvé de livre de Sade dans la bibliothèque de l'accusé.

L'assistante sociale nommée par le juge assure que la famille n'est pas connue des services sociaux, mais Marie lui a avoué qu'elle ne parlait pratiquement plus à ses parents depuis ses treize ans. Le voisinage, le directeur d'école, le principal du premier collège disent que c'est une famille unie, sans problème. Dans le deuxième établissement la direction a changé.

C'est la fin de la deuxième journée.

Le lendemain le procès commence en retard, un juré ayant fait un malaise le matin.

Le premier à s'exprimer est l'expert-psychologue. En préambule il déclare que ce n'est pas à lui de juger, son rôle consiste à établir un profil psychologique de la victime et de l'accusé. Vu que les faits reprochés se sont déroulés il y a sept ans, il ne peut se prononcer sur l'état mental de l'accusé aux moments des faits.

Pour lui il ne fait aucun doute que Marie est une jeune fille intelligente. Ce n'est pas ce qu'il appelle une menteuse psychologique, c'est-à-dire quelqu'un qui ment pour se valoriser. « Bien sûr, ajoute-t-il, elle peut mentir comme tout un chacun. Elle ne présente pas de signe clinique de mythomanie. Il faudrait des mois, voire des années d'analyse, pour savoir si les faits sont réels ou pas. »

Il décrit le père comme une personne très intelligente, bien insérée socialement. « C'est quelqu'un de réfléchi, ayant une haute opinion de lui-même. Une tendance à l'autoritarisme mais, je le rappelle, c'est le profil de maintenant, il y a sept ans il aurait été non pas vraiment différent, mais certains aspects seraient nuancés. Comme je l'ai indiqué, je ne peux exclure ou affirmer sur quelques entretiens que l'accusé soit capable de commettre ces actes. »

Noémie plaide :

-Vous vous demandez, monsieur, pourquoi votre fille vous accuse de ce crime atroce. La réponse est simple et vous la connaissez. C'est la vérité, tout simplement.

Votre avocate veut nous faire croire qu'aimant votre femme, votre famille cela vous rendrait incapable de viol. Le viol n'est pas un acte d'amour, c'est un acte de domination, de destruction.

Votre fille est très intelligente et, pire pour vous, critique. Elle n'a pas encore treize ans, vous savez qu'elle vous échappe, que vous n'êtes plus un dieu à ses yeux, contrairement à sa mère, votre femme. C'est également une très jolie fillette.

C'est insupportable pour vous. Vous devez être le chef incontesté, admiré. Vous savez que le temps est contre vous, qu'elle vous mettra à bas de votre piédestal.

Ce serait risible si, pour sauver votre orgueil, vous n'aviez pas décidé de la briser.

Lorsque vous avez vu Marie grossir, enfouir dans sa chair sa honte, « c'est gagné » avez-vous pensé. Le harcèlement qu'elle a subi au collège a été du pain béni pour vous. Pour tous c'était la cause de sa prise de poids.

Je me demande comment vous avez pu vivre dans la même maison, jour après jour, sans remords.

On pourrait non vous comprendre, mais s'apitoyer, si lors de votre procès vous aviez avoué et demandé pardon, prouvant qu'il vous restait un peu d'humanité.

Noémie rappelle que Marie demande comme dédommagements juste un euro symbolique, car aucune somme d'argent ne pourra effacer sa souffrance.

L'Avocat Général prend la parole :

- Mesdames et messieurs les jurés,

L'absence de preuve matérielle ne signifie pas absence de crime. Dans ce genre de situation, c'est la norme. L'absence de témoin oculaire également. L'accusé est un notable, ce qui évidemment n'en fait pas un coupable, mais pas obligatoirement un innocent.

Sa fille est venue porter plainte pour quelle raison, aucune sinon celle de la justice. Il n'y a pas d'argent ni de pouvoir en jeu. On n'accuse pas son père de viol pour le plaisir. Nous savons que ce genre de procès est particulièrement difficile à affronter pour la victime. Celle-ci l'a dit, elle était heureuse chez ses parents jusqu'à ce jour funeste. Quand elle a commencé à prendre du poids, qu'ont fait ses géniteurs ? Rien. Pire, ils l'ont abandonnée.

Sa mère par lâcheté, son père car coupable.

Je demande une peine de réclusion criminelle de vingt ans.

Lorsque l'avocate de la défense se lève et va à la barre, il est visible que le réquisitoire de l'Avocat général l'a surprise.

- Mesdames et messieurs les jurés,

Vous avez devant vous un homme, un père, que l'on accuse d'ignominie. Sur quelles bases se fonde cette accusation ? Aucune. On lui reproche d'être intelligent. C'est plus une qualité qu'un crime. Certains le décrivent autoritaire, quand on dirige une clinique, que l'on est un chef, oui il se trouvera toujours des gens pour vous taxer d'autoritarisme. Vous avez entendu la femme médecin qui travaille quotidiennement à ses côtés. C'est de respect dont elle a parlé en évoquant les rapports de mon client avec les femmes.

Pourquoi sa fille l'accuse, pas pour l'argent ni le pouvoir, nous en convenons tous. Alors pourquoi ? La jalousie tout simplement. De son père, de sa mère, de ce couple heureux.

Elle rentre au collège sa fidèle amie n'est pas dans sa classe. C'est un autre monde, elle est intelligente, mais n'a pas confiance en elle. Ses notes baissent, mais elle vit mal la situation. Elle n'a jamais été confrontée à des difficultés. Ses parents la changent d'établissement, malheureusement elle se fait harceler. Elle en veut à ses parents qu'elle rend responsables de ce qui lui arrive.

Le temps passe, elle rentre à la fac. Pas de problème pour suivre les cours, passer les examens. Mais elle est seule, terriblement seule. Son unique amie est loin.

Un jour, elle craque, ne va plus à la fac, s'enferme chez elle. Son amie, inquiète, arrive et la trouve dans un état lamentable. Il lui faut une excuse, alors elle invente ce viol, influencée par l'actualité, ce qu'elle vient de lire, ses cours de droit. Elle ne se rend pas compte de l'énormité de la chose, ensuite elle n'a pas le courage de se rétracter.

Mesdames et messieurs, vous ne condamnerez pas un père exemplaire sur les divagations de sa fille.

Le Président demande à l'accusé s'il a quelque chose à rajouter.

- Je suis innocent, clame-t-il.

- Menteur, crie Marie qui, sur les conseils de son avocate, s'était tue pendant tout le procès.

Le Président réclame le silence, puis lit pour les jurés l'article cinq-cent-cinquante-trois du Code de procédure pénale sur l'intime conviction :

- Vous devez juger en votre âme et conscience. Vous aurez à répondre à une question : l'accusé est-il coupable ? Vous devrez répondre par oui ou non. Si vous répondez positivement, vous devrez fixer la durée de la peine.

Il est dix-huit heures, le jury quitte la salle pour délibérer.

Marie, Céline et Noémie sont attablées en silence dans un café.

- Ça va ? demande Céline en prenant la main de Marie.

Celle-ci ne répond pas.

L'avocate les quitte, car elle veut passer au bureau avant de rentrer chez elle. Elle recommande aux deux jeunes ~~femmes~~ de garder leur téléphone allumé, car on peut les appeler très tard.

Marie et son amie sont à la maison.

- Je suis triste, malheureuse et à la fois soulagée. Je ne sais quoi penser, je regrette ce procès, mais c'était nécessaire. Je suis la victime, mais on me traite de menteuse, de folle. Pendant le procès, parfois j'avais l'impression que l'on parlait d'une autre.

Ma mère m'a trahie, je pensais qu'elle aurait au moins un peu d'empathie.

À une heure trente Noémie les contacte pour leur demander de se rendre au tribunal.

Le Président s'adresse au juré et lui demande de lire le verdict.

- Monsieur le Président, la délibération a été longue, trois jurés étaient pour l'acquittement, les trois autres pour la condamnation avec la peine maximale. Nous avons discuté âprement de nos arguments pour finalement arriver à cette conclusion : l'acquittement.

Malgré l'heure tardive, il y a des journalistes à la sortie du tribunal. L'avocate du père de Marie fait une déclaration :

- Justice est rendue à monsieur Philippe Christophe. Son innocence a été reconnue. Il a toujours eu confiance en la justice de son pays.

Malgré l'épreuve et le chagrin que sa fille lui a causés, il tient à dire qu'il aime toujours.

Noémie, l'avocate de Marie, l'a appelée :

- Il ne faut pas s'arrêter seulement au verdict. Quatre-vingt pour cent des incestes se terminent par un non-lieu. Les rares cas de condamnation le sont grâce à des témoignages. C'était très courageux de ta part de porter plainte et d'assister au procès.

Je t'avais dit que cela serait pénible, j'ai trouvé cela sale. Je ne pensais pas que la partie adverse serait aussi abjecte.

Une consœur plus expérimentée que moi m'assure qu'elle n'aurait pas fait mieux. Je me sens fautive.

Après un long silence, Marie lui répond « vous n'êtes en rien responsable », puis elle raccroche.

Deux jours sont passés depuis la fin du procès, Marie a reçu un texto de sa mère : pourquoi as-tu fait cela ? Je regrette de t'avoir mise au monde.

Le père de Marie frappe à la porte de l'appartement de celle-ci. Il est en colère « comment a-t-elle osé ? »

Pas de réponse. Il frappe plus fort sans plus de résultat. Il possède un double des clefs, c'est lui qui a signé le bail et paie le loyer.

En entrant il aperçoit une forme sur le canapé. « Marie ! » appelle-t-il, les volets sont fermés, la pièce est dans la pénombre. Il s'approche et s'arrête, interdit, sur la tête de sa fille un sac plastique, sur ses genoux une feuille sur laquelle est écrit :

« C'est mieux ainsi. »

[1] Selon le rapport de 2022, de de la Ciivise, Commission indépendante sur l'inceste et les violences sexuelles faites aux enfants,
160 000 enfants sont victimes d'agressions sexuelles par an en France,
5,5 millions d'adultes en ont été victimes pendant leur enfance.

73% des plaintes sont classées sans suite, infractions non suffisamment caractérisées, pas de témoin, de preuve matérielle (certificat médical).
Délai dépassé

Moussa

Je me crois en enfer, donc j'y suis.

Arthur Rimbaud

Le siècle a six ans, moi guère moins.

Tu ne dois pas dépasser cet arbre.

— Pourquoi ?

— Après cet arbre, il y a des lions, des hyènes,
qui mangent les petits enfants.

— C'est vrai ?

Maman me regarde sévèrement :

— Je suis ta mère.

Je m'accroche à son boubou, elle m'attrape, me
soulève et me serre contre sa poitrine. J'aime
beaucoup l'odeur de maman, c'est doux et sucré.

Je suis tout seul dans la cour, mon grand frère est
à l'école, mes deux sœurs au champ avec mon
père, je m'ennuie. Je profite d'un instant où
maman est occupée à cuisiner pour sortir.

Il fait très chaud, il n'y a personne dans la rue, la
place du village est vide également. Je retourne à
la maison. Quand j'arrive, maman me gronde.

Mon frère est rentré de l'école, mais ne joue pas avec moi, il est plus âgé.

Aminata, la plus grande de mes sœurs, toute essoufflée, crie : « Assane a eu un accident. » Nous courons, ma mère, mon frère, ma sœur et moi, jusqu'à la place du village, il y a mon père et Aya, mon autre sœur, et beaucoup de monde. Assane, qui est un peu plus âgé que moi, est allongé sur une couverture, sa jambe gauche est tout ensanglantée. Sa mère à ses côtés pleure, son père est allé chercher le guérisseur. Les bœufs ont fait un écart et ont heurté l'enfant qui marchait à leurs côtés. Le garçon a chuté, le père d'Assane a lâché la charrue pour relever son fils. Les bœufs ont continué d'avancer, le soc de la charrue a entaillé la jambe du garçon. Ce sont des animaux qui appartiennent au village, ils sont habituellement doux et paisibles, peut-être un serpent les a-t-il effrayés.

À l'arrivée du guérisseur, le silence se fait, il regarde l'enfant, lui touche la tête, le ventre, puis ordonne qu'on le transporte délicatement dans sa case. Il envoie un homme cueillir certaines herbes.

Assane a guéri, mais il boite et sa jambe gauche n'a pas de force, il ne pourra jamais travailler. J'aime bien jouer avec lui, aux billes il me bat souvent, mais à l'awalé je suis plus fort que lui. Nous faisons des concours à celui qui fait pipi le plus loin ou le plus haut. Avec les autres enfants du village, je joue à cache-cache.

Mon frère s'appelle Ibrahim, c'est l'aîné des enfants. Il va à l'école coranique, le marabout dit qu'il est indiscipliné et irrespectueux. Avec mon père il y a des disputes et, quand il est en très en colère, papa frappe mon frère, et maman pleure. Cela n'arrive pas souvent heureusement.

Aminata et Aya ne vont pas à l'école. Elles aident papa au champ et maman à la maison.

Moi, Moussa, je suis le petit dernier, mon frère et mes sœurs disent que je suis le préféré des parents. J'aime bien toute ma famille et je suis triste quand papa est en colère contre l'un d'entre nous.

Le chef du village a convoqué tous les hommes ; il est tard dans la saison et la pluie fait défaut. Déjà l'année dernière la récolte d'arachide avait été mauvaise, une de plus, ce serait catastrophique. L'arachide est la source principale de revenu du village. Adultes et enfants, nous scrutons le ciel en espérant y voir des nuages. Après trois jours d'attente fiévreuse, une pluie bienfaisante se manifeste. C'est une bonne eau, disent les anciens. Dès que les averses ont cessé, tous ceux en âge de travailler sèment les graines.

C'est le moment de la récolte de l'arachide, dès le lever du jour toute la famille est à l'ouvrage. Papa manie le hilaire, et nous, nous ramassons les coques et les rangeons pour qu'elles sèchent. C'est un travail pénible, le soir je suis fatigué. Aminata m'a expliqué que plus tard avec maman et Aya je participerai à la séparation des gousses. Ce n'est pas difficile, mais il faut faire attention, papa ne sera pas là.

Le village est en fête, cette année la récolte a été particulièrement abondante. Maman a mis ses beaux habits, ceux qui ont plein de couleurs et sont tout doux. Mes sœurs se font belles, je les entends rire. Ibrahim est déjà parti, à travers la cloison j'ai entendu Aminata dire : « il va rejoindre ses copains. » J'espère qu'il ne va pas faire de bêtises.

Les artisans ont fermé leurs boutiques. Les hommes sont partis prier à la mosquée, pendant ce temps les femmes préparent le repas. Moi, je joue avec mes amis. La prière terminée, nous nous mettons à table. Il y a de grandes marmites remplies de thiéboudienne, du mil, de l'arachide et du thé.

Les adultes discutent de choses que je ne comprends pas. Tous les enfants s'égaillent comme une volée de moineaux. Quand la chaleur se fait moindre, les hommes et les femmes chantent en s'accompagnant de tambours et de percussions. Pris par le rythme, des groupes de danseurs se forment, tous les gosses participent à la fête.

— Je vais jouer chez Assane.

— Sois sage.

Maman sait que la grande sœur de mon ami nous surveillera.

— On joue à l'awalé ?

— Non, tu gagnes toujours.

— Aux billes ?

— Ici ce n'est pas possible, dehors il fait trop chaud.

On reste là, silencieux, sans rien faire.

La sœur d'Assane nous dit qu'elle doit faire des courses, qu'elle ne sera pas absente longtemps.

– Restez ici et ne faites pas de bêtises.

— Elle va rejoindre son amoureux, affirme mon ami, suivons-la.

À cause de sa jambe blessée, Assane ne va pas vite et sa sœur nous sème rapidement. Mon copain est retourné chez lui, moi je suis allé jusqu'à l'arbre. J'avais demandé à mes sœurs si c'est vrai qu'il y a des lions et des hyènes, elles ne savaient pas. Mon frère dit que ce n'est pas vrai, que maman dit ça pour me faire peur, pour que je ne m'éloigne pas. Je regarde au loin et rêve.

J'avais questionné mon père pour savoir ce qu'il y avait après la savane.

Il y a très loin d'ici un grand fleuve, je n'y suis jamais allé, mais mon père qui était commerçant ambulant l'a vu et me l'a raconté.

— Le fleuve, il va où ?

— Il se jette dans l'océan, c'est immense et dangereux.

— Il n'y a plus rien ensuite ?

— Si, d'autres pays, la France.

— Pourquoi tu n'as pas fait commerçant ambulant comme ton père ?

— C'est un métier difficile et je ne suis pas doué pour la vente. Quand ton grand-père est venu ici, il a rencontré ta grand-mère et il est resté. Je suis né ici.

« Tu grandis et nous on vieillit », disent mes parents. J'aide maintenant plus souvent à la maison et aux champs.

Fatou Diop vient de mourir, elle faisait partie des anciennes. Maman m'a dit que, lorsqu'elle était petite, Fatou racontait des histoires à la veillée. C'était une merveilleuse conteuse. Les femmes du village se relaient pour la pleurer. Le lendemain, les hommes l'enterrent, nous, les enfants, ainsi que les femmes, n'avons pas le droit d'y assister. Nous irons plus tard au cimetière.

Malik Diop, le fils de Fatou, est venu de Dakar. Je ne le connais pas, il est parti du village bien avant ma naissance. Il vit dans la grande ville.

Par mon père j'apprends que Malik, qui travaille à la préfecture, a dit au chef que notre village avait été choisi pour y installer une école. Il raconte la vie à Dakar, les gros bateaux emportant les arachides, ceux qui amènent les produits venant de France. La ville est éclairée par l'électricité, il dit que la nuit c'est beau. Chez nous il n'y a pas l'électricité, c'est la lune qui nous éclaire.

C'est la fin de journée, il ne fait pas encore sombre. J'aime bien ces instants, tout est autre, les bruits, les couleurs et même les odeurs. On dit que je suis un rêveur.

Le marabout est venu à la maison. Il était très en colère, il ne veut plus qu'Ibrahim retourne à son école. Il faut le dédommager. Quand il est parti, j'ai eu très peur que papa frappe très fort mon frère. Il y a eu un grand silence, puis papa a dit, en serrant les poings :

— Tu travailleras pour payer ta dette. Tu ne mangeras qu'une fois par jour.

Papa est croyant, mais il ne pratique pas, il va à la mosquée le vendredi pour faire comme les autres. À la maison, on ne prie pas, mais papa ne veut pas se fâcher avec le marabout.

Ibrahim ne peut nous aider à la culture d'arachide, notre terre n'est pas assez grande. Il a trouvé un emploi chez un artisan potier. Il me dit que cela lui plaît. Il me parle souvent, car j'ai grandi. En cachette ma mère nous donne à mes sœurs et à moi de la nourriture pour la porter à mon frère.

Le chef du village a rassemblé tous les hommes du village pour leur annoncer que des Français allaient arriver bientôt pour construire une école.

Le marabout a demandé à l'assemblée de refuser l'installation de cette abomination. La discussion a duré une bonne partie de la nuit, le chef a dit :

— On va accepter. Vous n'êtes pas obligés d'y envoyer vos garçons.

Les Français sont arrivés par une chaude après-midi, dans le village ne restaient que le chef qui est très âgé et quelques artisans. L'apparition des deux véhicules ne passe pas inaperçue. Très vite, hommes, femmes et enfants remplissent la place. Dans le premier camion se trouvent un capitaine et quatre soldats, dans le second six Wolofs. Ce sont eux qui déchargent le matériel qui est dans les camions.

Le capitaine et un soldat, un tirailleur, discutent longuement avec le chef. Ils se sont mis d'accord sur l'emplacement de l'école et pour l'hébergement des militaires et des ouvriers.

Nos travaux dans les champs terminés, nous, les enfants, nous nous précipitons pour assister à la construction du bâtiment. Les Français ne parlent pas notre langue. Aussi nous questionnons nos compatriotes pour connaître leur vie à Dakar, mais le capitaine intervient souvent pour leur dire de travailler au lieu de discuter. Les hommes passent rapidement, les femmes ne viennent jamais, quelques jeunes filles s'y aventurent discrètement.

La construction de l'école est finie. Les soldats et les ouvriers sont partis, le maître arrivera plus tard. Le marabout passe dans toutes les familles ayant des enfants en âge d'aller à l'école pour leur dire de ne pas y mettre leurs garçons.

Mon frère me dit : « tu dois aller à cette école, le marabout est un âne. »

Les jours passent, l'instituteur n'est toujours pas arrivé, mais dans tous les foyers on ne parle que de ça. J'ai demandé à maman ce que papa avait décidé, mais elle me dit qu'il n'en parle pas. Je l'ai suppliée de l'interroger, car je n'ose pas dire à mon père que je voudrais aller à cette école.

Le soleil décline doucement, soudain une agitation, des gamins crient : « il est là, il est là. » Précédé de ce cortège bruyant, le maître d'école fait son entrée dans notre village. Je suis déçu lorsque je le vois, je m'imaginais sans savoir pourquoi un homme jeune. Il est plus vieux que mon père, presque chauve, petit et ventru. Il se rend directement dans la case du chef. Il ne reste pas longtemps avec lui et se rend à l'école.

Le lendemain, avant d'aller aider aux champs, je passe devant l'école, l'instituteur est en train de déballer des caisses contenant des livres et des cahiers. Il me salue en wolof. Quand je rentre à la maison, mon frère m'avoue qu'il est passé voir le maître et que celui-ci lui a affirmé que ses élèves apprendraient à lire et à écrire, la géographie et l'histoire. Ibrahim me dit que c'est bien de connaître des choses nouvelles, mais que je ne dois pas oublier notre village, notre langue.

Le soir, les hommes sont réunis sur la grande place du village. L'enseignant a pris la parole pour dire que l'école est gratuite, que les cahiers, les livres et les crayons sont fournis, que cela ne coûte rien aux parents, que dans deux jours la classe commencera, qu'il espère que les enfants seront nombreux à venir, car l'instruction est la garantie d'une vie meilleure. Il s'est exprimé dans notre langue. Lorsque papa rentre, je l'entends qui raconte à maman la réunion. Sur le chemin du retour, il a discuté avec les voisins, certains vont quitter le marabout, cela leur fera des économies. Celui-ci leur a dit que ceux qui enverront leur garçon dans ce lieu de perdition subiront la vengeance de Dieu. Je retiens mon souffle, car je pressens que maman va poser la question de mon avenir.

— Pour Moussa, souffle-t-elle ?

Un grand silence se fait, je tends l'oreille. Rien. Aucun son. Puis le bruit familier des parents qui vont se coucher. J'ai du mal à m'endormir et, quand j'y parviens, mon sommeil est agité. Je fais un drôle de rêve : je ramasse les coques d'arachides et au milieu de celles-ci il y a un livre, je veux le prendre, mais il s'envole ; en voulant l'attraper, je déchire une feuille qui me reste dans la main tandis que le livre s'échappe. Je m'assois et pleure.

J'ouvre les yeux. Ibrahim est près de moi et me dit : « tu as fait un cauchemar, rendors-toi. »

Aujourd'hui je travaille avec mes sœurs, baay [8]n'est pas là. Il fait chaud, nous nous arrêtons pour nous désaltérer. En me tendant la gourde d'eau fraîche, Aminata déclare :

---

[8] Baay, père en Wolof

— Moi aussi je veux aller à la nouvelle école.

— Les filles ne vont pas à l'école.

— Pourquoi ?

— Je ne sais pas, c'est comme ça.

— Pourquoi c'est comme ça ?

Je hausse les épaules.

Aya, mon autre sœur, nous regarde sans rien dire. Nous reprenons notre travail en silence.

Baay et Ibrahim sont déjà partis au travail, mes sœurs et moi nous nous préparons.

— Les filles, partez maintenant, je vous rejoindrai. Moussa, tu viens avec moi.

Je suis ma mère, nous allons chez Assane, puis nous rejoignons Samba et Serigne qui nous attendaient sur la grande place. Notre groupe se dirige vers l'école, à notre passage il y a des murmures, une femme nous lance : « maudits ! »

Quand nous arrivons, il y a Ibra, Harouna, Baye et Cheik, accompagnés par leur mère, qui discutent avec le maître. Il nous salue en wolof et dit :

— Nous allons patienter encore un peu. Les enfants, installez-vous.

Aucun autre garçon ne se présente.

— Je suis Georges, votre instituteur. Je vous souhaite la bienvenue. Vous allez me dire chacun à votre tour votre nom et votre âge. Je t'écoute.

— Ibra.

— Ton âge ?

— Je ne sais pas.

— Ce n'est pas grave. À ton tour ?

— Samba. Je ne sais pas mon âge.

— Bon alors, dites juste votre prénom.

— Cheik.

— Moussa. Je ne connais pas mon âge, mais je sais que le marabout inscrit les naissances et les morts dans un livre.

— Merci pour ce renseignement, Moussa.

— Assane.

— Serigne.

— Baye.

— Harouna.

— Je vais écrire votre nom au tableau, vous le recopierez sur le cahier qui est sur votre table.

C'est dur, je n'ai jamais tenu de crayon, je n'y arrive pas. Monsieur Georges gomme mon prénom, il l'écrit sur mon cahier et me dit de faire pareil, de gommer si la lettre est mal dessinée. Il fait la même chose avec mes camarades.

En fin de matinée, le maître nous dit de rentrer chez nous, que la classe est finie pour aujourd'hui. Le soir, à la maison, tout le monde est là. Je raconte, excité, ma journée. Même si nous ne sommes que huit élèves, l'école restera ouverte.

« Si tu finis toujours aussi tôt, tu pourras aider aux champs après l'école » est le seul commentaire de mon père.

Je sais qu'il est content, mais ne veut pas le montrer.

Le soir, je joue et discute avec mes amis, certains vont à l'école coranique, mais cela ne change rien pour nous.

Au moment d'aller me coucher, Aminata m'attrape.

— Montre-moi ton cahier.

— Je ne peux pas, il est à l'école.

— Demain, dis au maître que tu veux le faire voir aux parents.

— D'accord, mais laisse-moi aller au lit.

Le maître nous fait face. Lorsque nous sommes entrés dans la classe, il nous a appelés par notre prénom. Il tient à la main un journal.

— Ceci est un journal, ce qu'il contient c'est le monde. Quand vous saurez lire, ce dont je ne doute pas un seul instant, vous saurez ce qui se passe à Dakar, à Paris et en Amérique. Il prend un livre posé sur une chaise à côté de lui.

— C'est un livre de Géographie, cela permet de situer les villes, les montagnes, les mers et océans. Bientôt je recevrai un globe terrestre et une carte de France. Ceci est un livre d'Histoire, il y a là ce que nos aînés ont vécu, connu. C'est important de savoir le passé pour comprendre le présent. Ceci est un roman, il décrit une histoire qui n'a pas existé, qui est imaginaire, inventée.

Tout cela, et bien plus, comme la Science par exemple, vous le saurez, le connaîtrez grâce à l'école. C'est grâce à l'instruction que vous comprendrez le monde, le rendrez plus fraternel et y trouverez votre place.

On continue d'apprendre l'alphabet, on chante en wolof et ensuite le maître nous traduit les paroles. J'aime beaucoup l'école.

À la maison, le soir, Aminata me demande si j'ai mon cahier, je lui réponds que l'instituteur nous a dit qu'il n'était pas possible de les emporter pour l'instant. Ce n'est pas vrai, je n'ai pas osé lui demander.

Le siècle a grandi et moi aussi.

Je sais écrire, j'ai appris à lire avec *La France* de Manuel et Levi-Alvares, *Le tour de France par deux enfants* de G. Bruno, *La Patrie, Histoire de la France* de Théodore Barrau et *Sans famille* d'Hector Malot. J'aime beaucoup les *Fables* de La Fontaine.

Je connais les départements avec leur préfecture et sous-préfecture. J'ai appris La Marseillaise.

Maintenant je suis trop grand pour rester à l'école, je travaille avec mon père aux champs d'arachide. Je me rends le soir chez le maître d'école, il me prête le journal, je continue d'apprendre.

C'est un grand jour : Aminata se marie avec Mamadou, le frère d'Ibra, celui qui était en classe avec moi. Nos deux familles se connaissent bien. Tout le village est en fête, on chante, on danse.

Quand ma sœur nous quitte pour la maison de son mari, maman lui dit doucement « Seey Kharé là » ce qui veut dire « le mariage est une guerre sainte ».

Je ne pourrai plus apprendre, en cachette, à lire à ma grande sœur. Cela me rend un peu triste.

Les parents font de plus en plus souvent des remarques à Ibrahim sur son âge, lui disant qu'il doit songer à se marier. Mon frère m'a confié qu'il aimait Nadia, la fille du fils du chef, qu'elle aussi l'aimait, mais elle ne sait pas si sa famille sera d'accord pour cette union.

Aya m'a scandalisé en m'apprenant qu'elle ne veut pas se marier.

– Les hommes sont tous bêtes et méchants, m'a-t-elle crié.

– Pas tous. Je suis bête et méchant, moi ?

— Non, pas encore, mais quand tu prendras une femme tu le deviendras, il faudra qu'elle t'obéisse toujours, sinon tu la frapperas.

— Non, jamais je ne ferai ça.

— Même si tu ne la bats pas, elle ne pourra faire que ce que tu as décidé. Moi, je me sauverai plutôt que de vivre pour un homme.

Je ne comprends pas, je croyais qu'Aya était contente de voir Aminata s'unir avec Mamadou. C'est normal de se marier et d'avoir des enfants. Qui s'occupera d'elle quand elle sera malade, si elle est seule ? Comment fera-t-elle quand elle ne pourra plus travailler, qu'elle sera vieille ?

Je n'ose pas en parler avec Ibrahim et Aminata.

C'est Nour qui fait battre mon cœur. Toutes les nuits je rêve d'elle, elle est si jolie, si gentille. C'est difficile d'être seul avec elle, son grand frère la surveille. Le rire de Nour, c'est une symphonie gaie et grave, mélodieuse, envoûtante et mystérieuse. Qui l'a entendu une fois n'a plus qu'un désir : l'entendre à nouveau.

Quand mon frère sera marié, j'épouserai Nour.

Aminata va avoir un enfant.

— C'est une bénédiction de Dieu, a dit ma mère, « Ligey you ndey agnoup. » L'enfant ne récolte que les fruits du labeur de sa mère. Chez nous, les Wolofs, nous pensons que les enfants sont le fruit de l'éducation que la mère a reçue et qu'elle transmet à son enfant.

Maman est partie de bonne heure aujourd'hui, avec d'autres femmes elle va aider Aminata à donner la vie.

— C'est une adorable fille, nous annonce maman. Elle s'appelle Malika.

Le mari d'Aminata désirait un garçon, il est déçu.

Les parents et moi nous nous réjouissons de cette naissance.

Quand les parents ne sont pas là, Aya me dit qu'il n'y a aucune raison d'être heureux. La vie pour les filles est un fardeau. Malika aura plus de jours de malheur que de bonheur ! Elle, elle ne veut pas d'enfant !

— Je lui dis qu'elle se trompe, qu'Aminata est heureuse. Qu'elle n'a pas de raison d'être malheureuse ! Que c'est la nature qui fait que les femmes ont des enfants ! Que ne pas pouvoir en avoir c'est une malédiction

Le maître d'école m'apprend que l'Allemagne nous a déclaré la guerre. Il m'assure que la guerre sera courte et que la France va récupérer l'Alsace et la Lorraine.

Des gendarmes sont venus dans notre village. Ils vont se rendre dans d'autres villages et au retour ils emmèneront les hommes qui ont reçu leur ordre de mobilisation.

Ibrahim en fait partie, le soir à la maison personne ne parle. Même baay[9] est silencieux.

Le lendemain, ce sont les pleurs de ma mère qui me réveillent. Mon frère est parti. Il me l'avait dit avant de s'en aller, mais je ne dis rien.

— Je vais déserter. Ce n'est pas ma guerre, l'Alsace et la Lorraine ne m'appartiennent pas. La France n'est pas ma mère patrie. Je suis de ce petit bout d'Afrique. Je suis un Wolof, m'explique-t-il avant de s'enfuir. Prends soin des parents. Je t'aime, petit frère.

Même si à la maison on ne prononce plus le prénom de mon frère, son absence est partout. Aminata et moi prions pour le revoir, pour qu'il ne lui arrive pas de malheur. Aya m'a confié

---

[9] Baay : père en Wolof.

qu'elle regrette de n'être pas partie avec Ibrahim. Je la comprends de moins en moins.

Depuis son départ, certains voisins ne nous causent plus. Les gendarmes passent tous les jours. La mairie nous tracasse sans cesse. Le maître d'école me dit qu'il est important de défendre la Patrie. Que lui regrette d'être trop vieux. Que la France c'est le pays des Droits de l'Homme, des Lumières, de la démocratie et de la civilisation.

 Au village, le conflit semble loin, seules les familles qui ont un parent parti à la guerre en parlent.

Les journaux arrivent de plus en plus irrégulièrement. L'instituteur m'explique que la France et l'Angleterre sont les pays les plus puissants de l'Europe, que la victoire est inéluctable.

Aminata a accouché d'une deuxième fille. Son mari va prendre une autre femme, car il dit qu'Aminata est incapable de lui donner un garçon.

Cette seconde naissance, personne ne la fête. Je me dis que la petite Latifa n'a pas de chance.

Aya s'est enfuie. Le père lui avait dit qu'il fallait qu'elle se marie, que sa sœur était mariée et avait deux enfants.

Les jours sont difficiles à la maison. Le père ne dit plus un mot, maman également. Quand elle se croit seule, je l'entends pleurer.

Ibrahim et Aya nous ont abandonnés. Cela me remplit de tristesse. Je pense souvent à eux, j'espère qu'ils vont bien et qu'ils pensent à nous. Je rêve qu'ils nous donnent de leurs nouvelles.

Le père de Nour lui a dit qu'elle ne pouvait pas m'épouser. Que sa famille ne pouvait s'allier avec la nôtre, dont le fils a déserté et une fille s'est enfuie du foyer !

Je suis abattu. Dans mon cœur, il fait toujours noir. Mon ami Assane essaie de me réconforter, me dit qu'il y a d'autres filles, qu'il faut être patient, que les autres pères verront que je suis travailleur, un bon garçon. Ils oublieront Ibrahim et Aya.

Les jours passent, mon chagrin reste.

À la maison, l'ambiance est funèbre, les parents silencieux ressemblent à des troncs d'arbre morts.

Je vais voir de temps en temps Aminata, mais je ne m'entends pas avec son mari. C'est avec le maître d'école que je passe le plus de temps.

J'ai reçu mon ordre de mobilisation.

Plus la date approchait, plus je me sentais dans un état étrange. J'hésitais, traversé par mille idées contradictoires. Deux ans que la guerre durait. Combien de temps encore ! J'avais relu les premiers articles des journaux. C'était l'affaire d'un mois, une promenade presque. Qui croire ? Que croire maintenant ?

L'instituteur m'a montré sur un atlas ces villes aux noms bizarres, Vitry -le François, Épernay, Verdun.

— Il y fait froid, très froid, l'hiver il y a de la neige, m'a-t-il dit.

Moi, je n'ai jamais vu la neige, j'ignore ce qu'est le froid.

Moi, je suis allé à l'école, je parle français. L'instituteur veut que je me batte. Il me parle de la grandeur de la France, du progrès, de la civilisation. De la dette que j'ai envers elle.

Je dois rejoindre Dakar, puis prendre un bateau qui m'amènera à Bordeaux, ensuite un train pour le front.

15 janvier 1916. C'est le départ.

Maman pleure. Elle crie que la guerre lui a pris ses deux garçons. Papa est resté à l'intérieur.

Je n'ai pas vraiment décidé, choisi. Je me laisse emporter par quelque chose qui me dépasse.

Un camion militaire stationne sur la place, nous sommes trois jeunes hommes d'une vingtaine d'années à monter. C'est la première fois que nous quittons le village. Sur le visage de certaines femmes, mères, sœurs, compagnes, tantes, de certains hommes, pères, frères, oncles, coulent des perles salées. Les autres ont des visages graves. Le silence pèse sur l'assemblée.

Le camion démarre. J'observe, le cœur lourd, ce paysage que je ne regardais même plus. Reverrai-je mon village, mes amis ? Sentirai-je à nouveau le soleil sur ma peau ? Le camion s'arrête à d'autres villages. Il arrive souvent que les appelés soient attachés deux par deux et encadrés par des militaires armés.

Je questionne mon voisin.

— Ce sont des déserteurs.

Et je pense à mon frère.

— Non, ils sont comme nous, sauf qu'ils ont le courage de dire qu'ils ne sont pas d'accord.

Nous arrivons tard dans la nuit à Dakar. En début d'après-midi, nous partons en convoi militaire au port pour l'embarquement. Il y a énormément de gens, beaucoup de bruit, des cris. Sur notre passage, certains applaudissent, d'autres baissent la tête tristement.

C'est l'embarquement. Je n'ai jamais vu autant de personnes réunies. Nous sommes plus nombreux dans le bateau que dans mon village. Le temps est mauvais, l'océan agité. J'ai le mal de mer. J'ai mal au cœur. Cette immensité me fait peur. Une semaine que nous naviguons. Le soleil brille, mais ne chauffe pas, les conditions de navigations sont meilleures. Je suis plutôt timide, je parle peu aux autres. J'écoute. Certains jouent aux cartes, à des jeux d'argent, rient, chantent, confiants en leurs bonnes étoiles. Un trafic d'amulettes s'est créé. La plupart restent silencieux, perdus dans leurs pensées oscillant entre un passé connu et un avenir incertain.

Après deux semaines de navigation, nous arrivons en vue de Bordeaux. À côté de cette grande ville, Dakar fait figure de village. Nous débarquons en fin d'après-midi. Sur le quai, une foule de curieux.

Les camions se garent sur la place d'Armes, la caserne est un bâtiment gris et triste. Nous recevons notre paquetage, puis on nous répartit dans les dortoirs. Je regarde à la fenêtre et me vient instantanément ce poème appris à l'école :

Le ciel est, par-dessus…
Paul Verlaine

Le ciel est, par-dessus le toit,
Si bleu, si calme !
Un arbre, par-dessus le toit,
Berce sa palme.

La cloche, dans le ciel qu'on voit,
Doucement tinte.
Un oiseau sur l'arbre qu'on voit
Chante sa plainte.

Mon Dieu, mon Dieu, la vie est là,
Simple et tranquille.

Cette paisible rumeur-là
Vient de la ville.

— Qu'as-tu fait, ô toi que voilà
Pleurant sans cesse,
Dis, qu'as-tu fait, toi que voilà,
De ta jeunesse ?

Paul Verlaine, *Sagesse (1881)*

À la caserne, j'apprends que le précédent bateau
a été coulé par un sous-marin allemand.

Le lendemain, paquetage reçu, commence notre
instruction. Marche au pas, apprentissage des
grades, de la Marseillaise. Les jours suivants,
nous apprenons le maniement des armes. Comme
il faut économiser les munitions, nous ne faisons
pas d'exercice de tir.

— Cela n'a pas d'importance, nous dit le sergent
instructeur. Vous n'avez pas besoin de savoir
viser, il vous suffit de tirer dans le tas et de vous
servir de vos baïonnettes.

Nos trois semaines d'instruction sont finies, aujourd'hui dimanche nous avons une permission, car nous partons demain pour le front.

Avec Boubacar, originaire d'un village voisin du mien et mon seul ami, ici, nous nous promenons sur les quais. Lorsque nous passons devant un café, un homme lance à sa femme :

— Les singes sont de sortie.

Nous faisons ceux qui n'ont pas entendu.

Départ de Bordeaux en train jusqu'à Paris, puis camion jusqu'à Albert, petite ville de la Somme.

Je suis sur le front, on est le 20 février 1916.

Je fais partie d'un régiment de Tirailleurs Sénégalais.

C'est tout blanc ! C'est beau !

Le front, ici, ce sont des kilomètres de tranchées. Depuis 1914 les deux armées se font face.

Vous verrez, c'est tranquille comme secteur, affirme notre lieutenant.

Transi de froid, les pieds gelés dans la boue, j'attends. Soudain la tranchée s'agite, pourtant aucune canonnade ne se fait entendre. Les soldats sur ma droite se redressent, des « mon adjudant » sortent des bouches. Le gradé arrive à ma hauteur, je le salue comme il se doit.

— Tu es nouveau.

Ce n'était pas une question, mais une affirmation. Il me regarde longuement puis continue son inspection.

Un bruit terrible, la terre tremble, l'artillerie allemande nous pilonne. La nôtre lui répond. C'est mon baptême du feu.

Cela s'arrête aussi soudainement que cela a commencé.

Le duel d'artillerie est terminé. Devant notre tranchée, dans le seul arbuste encore debout, un cadavre est accroché. Une dizaine de corbeaux viennent picorer ses yeux, ses joues, en croassant. Soudain son pantalon tombe, découvrant deux maigres jambes et un ventre boursouflé. Quatre corvidés se précipitent, crevant la panse de l'homme ; ses viscères et ses boyaux se répandent sur le sol. Une bataille furieuse oppose les oiseaux pour emporter les meilleurs morceaux.

Je vomis. Dans la tranchée, tous baissent la tête, examinent la boue, sauf un que je vois droit comme un i, fixant la curée un sourire aux lèvres. C'est Georges.

De leur vol lourd et noir, les corbeaux, repus, passent au-dessus de nous.

Quinze jours que je suis dans cette tranchée, la neige a fondu. Je patauge dans une boue glacée. Je donne ma ration de mauvais vin à mes compagnons. Je n'aime pas cette nourriture. J'ai écrit à mes parents. Ont-ils reçu ma lettre ? J'espère une lettre en retour. Je sais que je n'aurai pas de colis, mes parents sont pauvres.

L'adjudant m'a appelé.

— Le sergent m'a dit que tu sais lire et écrire.

— Oui, mon adjudant.

— Écoute-moi, il n'y a que nous deux, alors laisse tomber le grade. Le grade pour les soldats c'est important, mais pour les hommes ? Je m'appelle Pierre-Marie. Et toi ?

— Moussa.

— Tu es de Dakar ?

— Non, d'un petit village du sud.

— Comment tu as appris à lire et à écrire ?

– À l'école. On n'avait pas beaucoup de livres, j'ai lu au moins trois fois *Le tour de France par deux enfants.*

— Sais-tu que c'est une femme qui a écrit ce livre ?

— L'instituteur nous a dit que c'était G. Bruno.

— Bien sûr, mais c'est le pseudonyme
d'Augustine Fouillée-Tuilerie. Les femmes
peuvent écrire comme les hommes, mais les
éditeurs et les lecteurs ne veulent pas l'admettre.
Je ne t'ai pas fait venir pour parler littérature. J'ai
besoin de temps à autre d'une estafette. Tu auras
à porter des messages au capitaine, à attendre la
réponse, soit écrite, soit orale pour éviter que les
Allemands la lisent. En partant prends le livre
qui est sur la table.

Je retourne à la tranchée avec *Les misérables* de
Victor Hugo sous mon bras.

C'est cette heure brève où le jour a fini et la nuit
n'est pas encore commencée. L'heure où nos
fantômes se rassemblent, où les regrets enflent
silencieusement, où les questions inutiles nous
visitent. Il n'y a plus de soldats, seulement des
hommes perdus à l'intérieur d'eux-mêmes.

Une rumeur court dans la tranchée, on se bat à Verdun. Les Allemands ont lancé une grande offensive. C'est un déluge de feu.

C'est le printemps, j'ai toujours froid. Une partie de mon régiment est partie à Verdun.

Depuis une semaine notre artillerie canonne les lignes ennemies, les Allemands répliquent avec la même rage.

– Mauvais signe, me dit Auguste.

— Pourquoi ?

C'est un des rares simples soldats blancs parmi notre unité. Il n'y a pas de Sénégalais chez les officiers.

— Cette canonnade signifie qu'une offensive se prépare. Les Allemands se doutent que l'on va lancer une attaque. Ils vont se préparer en conséquence.

— C'est peut-être une tactique, une diversion.

— Je suis soldat depuis 14, leur tactique je la connais, pour atteindre une position que les galonnés jugent importante, on court un fusil à la main. Si on a de la chance, on y arrive, sinon on crève. Remarque, c'est pareil pour ceux d'en face. Il paraît que l'on se bat pour l'Alsace et la Lorraine. Il suffit de leur demander aux Alsaciens et Lorrains ce qu'ils souhaitent être, Français ou Allemands. Nos gouvernants doivent avoir peur qu'ils répondent : on s'en fout, ce qu'on veut c'est vivre en paix.

Je ne réponds pas.

Plus tard, Boubacar m'apprend qu'Auguste a été fusillé, il s'est fait arrêter alors qu'il distribuait des tracts antimilitaristes.

Les rats sont de plus en plus nombreux et agressifs. Je me suis rasé complètement la tête pour ne pas avoir de poux. Mais j'ai quand même des rougeurs au cou et cela me gratte.

Chers parents,

Hier le lieutenant nous prévenus que l'armée française et l'armée britannique lançaient une offensive conjointe.

J'aurais aimé vous rassurer, dire que tout va bien malgré la guerre, ce serait mentir.

Depuis que je suis arrivé ici, je reste terré comme les autres dans la tranchée. Le front n'est pas une ligne droite, les obus allemands nous atteignent rarement, mais lorsque cela se fait, ce sont des morts, des mutilés.

« Demain ce sera autre chose », nous disent les anciens.

J'ai peur.

Peur de tout, du bruit, du silence, de la mort, de la vie.

Le ciel est bleu et le soleil brille, pourtant j'ai froid. J'ai toujours froid.

Je pense souvent à vous et à Ibrahim, Aminata et Aya.

Je ne sais pas ce que je fais ici.

J'espère que la guerre va bientôt finir et que je vais rentrer chez nous.

Je vous aime.

Je ne donne pas ce courrier au facteur de l'armée à cause de la censure. Il ne faut pas être défaitiste ni dire que nous avons peur.

J'espère que cette lettre leur parviendra.

1er juillet 1916

Pendant une demi-heure sans interruption nos obus pleuvent sur les positions allemandes. Aussitôt que nos canons se taisent, nous sortons de la tranchée et donnons l'assaut. Nous avons parcouru 500 mètres quand les mitrailleuses allemandes crépitent. C'est par dizaines qu'elles déciment mes camarades.

À la fin de la journée, nous avons progressé d'un kilomètre au prix de milliers de morts. Mon ami Boubacar est porté disparu.

Le lendemain, dans la pluie et le brouillard, nous donnons une nouvelle offensive. Les obus pleuvent de tous côtés. Nous devons prendre une colline. Les mitrailleuses allemandes crachent la mort. Nous ne parvenons pas jusqu'à la colline. Ordre de repli.

3ème jour.

Le capitaine a été très clair, cette fois-ci, il n'y aura pas de repli. Nous devons atteindre l'objectif, quel qu'en soit le prix.

Notre artillerie a obligé l'ennemi à reculer ses nids de mitrailleuses.

Nous nous élançons à l'assaut de la colline. Les soldats allemands la dévalent.

Le corps à corps devient inévitable. J'ai éventré des hommes avec ma baïonnette, vu d'autres Sénégalais, Français, Allemands en faire de même.

Tuer ou être tué.

Après la bataille, j'ai fait partie de l'équipe de nettoyage, me dit, Ba, un Sénégalais de Dakar.

On ramène les blessés français, quand ils sont transportables. On tue les allemands. J'ai vu des soldats dépouiller des morts. Je suis un monstre.

Les jours se succèdent, deviennent des mois. Ce n'est que tueries et massacres.

Il y a l'attente et le silence. C'est terrible l'attente et le silence.

Dans ces moments-là, le temps se fige, l'homme déchire l'uniforme du soldat. J'ai tué des jeunes gens, des inconnus qui comme moi avaient des parents, frères, sœurs.

Un jour leurs femmes apprendront qu'elles sont veuves, des enfants qu'ils sont orphelins.

Quelle folie !

Est-ce cela l'humanité ?

Dans ces moments-là, dans les tranchées, les hommes se taisent. Certains pleurent. Tous nous pensons à notre passé, nous avons tué l'avenir.

Je ne compte plus les jours, ni les assauts. C'est un matin pluvieux, nous nous préparons pour une nouvelle offensive, quand Georges s'élance hors de la tranchée en hurlant :

- Marguerite, je t'aime.

Il délire.

Un matin, lors d'un énième assaut, je m'élance, un obus tombe près de moi. C'est la nuit.

Je me réveille dans un hôpital. On est une centaine de soldats allongés sur des lits de camp.

On me dit que j'ai eu de la chance. J'ai perdu le bras droit et une partie de mon visage.

J'ai mal, je souffre. Le médecin se plaint du manque de médicaments. Les infirmières tentent d'apaiser nos douleurs avec des mots, des sourires.

Tous les jours des blessés arrivent, tous les jours des blessés meurent.

Jour et nuit une image me hante :

Je suis dans mon trou et vois ce paysage dévasté. La terre est martyrisée, souillée. Elle qui doit nous nourrir, elle est notre tombe. Elle renferme des bouts d'acier, des obus entiers prêts à exploser. Mais, surtout, il y a le sang, les jambes, les bras, les crânes, les viscères, les bouts d'hommes. À cette vision d'horreur s'ajoutent l'odeur de chair brûlée, pourrissante, de sang et d'excréments, les cris des agonisants suppliant qu'on les achève, qu'on mette fin à leur douleur.

11 novembre 1918

La guerre est finie, c'est l'armistice.

Dans les rues, les places, on chante, on danse. Moi et bien d'autres nous restons à l'écart. Je vois peu de jeunes hommes fêter la victoire. Je vois des femmes qui dansent ensemble par manque d'hommes.

Je vois, oui je vois toutes ces femmes en deuil, muettes de chagrin.

 Je vois les fantômes des milliers de soldats errants.

On me dit que nous avons gagné. J'aimerais le croire.

J'ai écrit une lettre aux parents. Je ne l'ai pas envoyée. Je la garde sur moi.

Paris, le 11 novembre 1918

Chers parents,

Il y a deux ans et dix mois que je suis parti. Il me semble qu'il y a longtemps, très longtemps.

La guerre m'a changé, nous a tous changés. Je ne sais pas ce qu'on raconte au village.

Je n'ose pas vous écrire ce que j'ai vu, vécu.

Peut-on décrire l'indescriptible ? Nommer l'innommable ? Combien de fois ai-je pensé à déserter ? je ne sais pas si c'est par courage ou lâcheté que je suis resté.

J'ai fait la Grande Guerre, je ne crois pas que c'était une bonne chose. Je suis sûr qu'il n'y a pas de quoi en être fier.

La vie doit être dure pour vous deux là-bas, chez moi, chez nous.

Cher père, chère mère, pardonnez à Ibrahim et à Aya. Réjouissez-vous de les revoir.

Trop de parents dans trop de pays pleurent leurs enfants.

Le soleil me manque, les rires des enfants me manquent. Les sourires des jeunes filles me manquent.

Vous me manquez atrocement, chers parents, ainsi que mon frère et mes sœurs.

Votre fils Moussa

J'habite avec un autre Sénégalais, estropié comme moi. On ne parle jamais de la guerre. Elle est toujours là, dans notre chair.

Nos journées se résument à aller chercher notre pitance deux fois par jour à la soupe populaire.

Je pense souvent à mon village, à ma famille, mes amis, mes voisins.

Je me surprends à murmurer « Nour, mon amour », Nour que je ne reverrai plus.

Suis-je mort pour eux ? Je suis mort pour moi.

La grisaille de Paris s'accorde à celle de mon âme.

18 novembre 1918

La guerre est finie depuis une semaine. Je suis toujours à Paris.

Tous les jours, je vais sur les quais de la Seine, je regarde les bateaux. Je sais que je ne partirai plus.

130 000 Tirailleurs Sénégalais, nom donnés aux bataillons de l'Afrique Occidentale Français (AOF) combattirent en Europe pendant la première guerre mondiale.

30 000 furent tués. Le nombre de mutilés et de blessés n'est pas connu.